잘한다, 잘한다, 자란다

잘한다, 잘한다, 자란다

정명희 수필집

學而思 | 학이시

더 행복해지기 위해서

분홍 바늘꽃이 파란 하늘 아래 나비처럼 살랑살랑 춤을 춘다. 아침저녁으로 선선해지는 바람을 기대하며 홍접초가 활짝 핀 길을 지나서 날마다 신기한 만남을 기대해도 좋은 진료실로 향한다.

개원한 지 삼 년이 되었다. 2021년 여름, 병원 문을 열었다. 따뜻한 온정으로 세상의 아픔을 치료하리라 크게 마음먹었다. 날마다 아름다움의 소리, 즐겁고 행복한 소리, 하루하루 소중한 마음의 소리를 듬뿍 담아보리라 다짐하였다.

물고기가 노니는 수족관도 들여놓았다. 대기실에서도 진료실에서도 유유히 놀고 있는 작은 물고기들을 들여다보고 있노라면 아이들도 어른들도 마음이 차분해진다고 하였다. 멍하니 물을 바라보며 그들과 마음의 대화를 하기에 스트레스를 해소하는 좋은 힐링법이라 여긴다.

알베르트 아인슈타인의 명언을 기억한다. 'A(인생의 성공)=X(일)+Y(놀이)+Z(입을 다물고 있는 것)' 라고. 성공하기 위해서는 노력과 열정을 다해 일해야 하고, 일도 중요하지만, 그 만큼이나 휴식과 여가 활동도 중요하고 불필요한 참견은 말며 신중하게 말하고 행동해야 한다는 의미가 아니겠는가.

오래전, 전문의 시험을 보고 나서 인사를 하러 갔던 병원의 대선배님은 환자를 대하면서 말이 별로 없으셨다. 그저 눈을 맞추고 들어주고 고개를 끄덕여 주는 것이 전부인 듯 보였다. 정말 많은 환자를 진료하는 분으로 꽤 유명하셨는데 그때 초년병 의사인 나는 생각했다. 의사 생활을 오래 하면 할수록 말할 필요가 없어지는가 보다~! 하지만 아이를 키우는 부모들은 원한다. 이야기를 끝까지 친절하게 들어주기를, 더 자세하고 쉽게 설명해 주기를, 자신을 위해 시간을 충분히 내어주기를.

진료하다 보면 대기 시간이 길어져 기다리게 되고 또 요구를 다 들어주지 못하고 다음을 기약하며 서두르는 경우도 생긴다. 그럴 때면 마음이 편하지 않다. 불편함을 달래려 수족관으로 눈길을 돌리면 물고기들은 내 마음을 충분히 이해한다는 듯 빠르게 헤엄치며 위로하는 몸짓을 한다. 가끔, 다음 생엔 물고기로 태어나면 어떠할까 하는 생각이 들곤 한다. 시원한 물속에서 유유히 헤엄치면서 입만 뻐끔거리더라도 보는 이들에게 위안을 주는 존재가 될 터이니.

개원 기념일, 전화 한 통을 받았다. 길을 가다 보니 간판에 내 이름 석 자를 발견하였다는, 혹여 의료원의 그 선생님 아닌가? 확인하고 싶어서 이름을 검색하여 통화해 본다는, 목소리가 정답게 들리는 이였다. 수년 전, 의료원에서 딸아이 치료하러 자주 왔다고 하였다. 환자 보호자와 의사로 만났지만, 아련한 기억에 남아 있던 이였다.

시간 나면 한번 들르겠다고 하더니 며칠 지나지 않아 바로 왔다. 이야기 끝에 늦둥이로 태어난 아들이 하나 있다고 하였다. 공부도 잘하고 리더십도 좋아서 학교에서도 인기가 많다며 뿌듯해하였다. 그런데 요즘 들어 부쩍 짜증이 늘어 말 붙이지도 못할 정도고 키에만 신경 쓰는데 잘 자라지 않아 걱정된다고 하였다.

예약한 진료 날 데려온 아들을 검사해 보았더니 이미 사춘기가 빠르게 진행되어 성장판이 거의 닫혀가고 있었다. 공부에 매진할 시기인데, 키 걱정해야 하니 어떡하면 좋으냐고 묻는다. 늦게 자란 부모를 닮아 나중에 크겠지, 하고 있었다고. 남자에게도 성조숙증이 있는 줄도 몰랐다면서 어찌할 바를 모르겠다더니 눈시울이 붉어진다.

키에 대해 걱정하면서도 무엇을 해야 할지 모르고 시간을 흘려보내고 나서야 방학을 맞아 찾아오는 아이들이 있다. 늦은 나이지만, 나중에 후회하지 않으려고 뭐라도 노력해 보고 싶어 진료하러 왔다고 한다.

모든 것엔 때가 있다. 키 크는 것도, 좋은 인연을 만나는 것도 때가 있다. 그 시기를 놓치지 않는 것이 무엇보다 중요하다. 한 번의 키 검사로 성인 키를 예측해 보고 안심할 일은 아니다. 적당한 간격으로 한 번씩 점검해 보고 잘 자라고 있는지 챙겨보는 것이 좋다.

예전, 우리가 어릴 적에는 형제들이 많았어도 부모님은 집의 기둥에 아이별로 키를 재어 금을 그어두곤 하셨다. 영화 〈건축학 개론〉에서 추억을 되새기는 장면에도 나오지 않던가. 아이마다 이름을 달아서 그어 놓은 금을 보면 언제 부쩍 자랐는지 언제부터 성장이 더뎌졌는지 한눈에 알아볼 수 있었다.

학교에서 신체검사하면 그것을 학년별로 챙겨서 적당히 자라고 있는지 잘 살펴보는 것이 중요하다. 아이들의 키 성장에 대한 가능성은 자꾸 변하기에 한 번의 성장클리닉 검사로 알아본 성인 키 예측이 예상 밖으로 벗어 나는 경우도 있다. 어린 나이에 성장판을 찍어보고 180cm까지 크겠다는 말에 안심하고 있었다는 한 고등학생은 엄청 작은 키로 성장이 마무리되고 나서야 찾아왔다. 부모를 통해 클 가능성이 별로 없다는 것을 전해 듣고는 다시 확인하고 싶다며 찾아왔다.

성인이 되어서 얼마 정도 크겠다고 하는 것은 참고자료이지 그대로 꼭 큰다는 보장은 없다. 손 사진을 찍어서 알아보는 성장판 나이(골연령)와 현재 자란 키로 산정한 값이다. 골연령이 현재 속도대로 더 빠르지 않게 일정하게 간다고 예상했을 때의 단순한 계산 수치다. 골연령이 더 빠르게 진행하면 성인키 예측치는 더 작아진다. 받아쓰기 한 번으로 예측한 수능 성적이 그대로 맞아들어가겠는가.

정기적으로 점검하고 지켜보면서 자기의 성장곡선을 잘 따라가는지 추적해야 성장 속도가 벗어날 때 개입하여 적당하게 잡아줄 수 있다. 성조숙증이 나타나도 잘 자라는 아이들도 있지만, 그대로 두면 자칫 성장판이 일찍 마무리되어 성인이 되었을 때 키가 유전키보다 훨씬 덜 자랄 가능성도 있다.

북한의 김정은도 무서워할 것이라는 우스갯말도 있는 중2병이지 않은가. 질풍노도의 시기, 중학교 2학년들에 많이 찾아와 그렇게 불렸던 중2병, 요즘엔 사춘기 시작이 빨라졌다고는 하지만, 초등 저학년에서 그 증상을 보인다면 꼭 점검해 보아야 한다.

통상 여아는 만 10세에 가슴이 커지기 시작하고 남아는 만 12세에 고환이 커지는 방식으로 이차성징이 나타나 사춘기에 접어들기 시작한다. 두피 냄새, 머리 기름기, 땀 냄새가 달라지거나 짜증이 늘고, 피지 분비가 늘고 여드름이 돋기도 하고 음모가 나기도 한다. 잘 씻지 않아서 냄새가 나는 줄 알고 샴푸도 바꾸며 기다리다 보면 시간이 너무 늦어 치료 시기를 놓치는 경우가 있다.

성조숙증이라 부르는 조발 사춘기는 여아 만 8세 이전에 가슴멍울이 생기거나 머리 냄새가 나고, 남아 만 9세 전에 고환이 커지거나 음모, 여드름이 생기는 등 사춘기 증상이 나타나 빠르게 진행하는 경우다. 성조숙증의 경우 사춘기 호르몬이 빨리 나오기 시작하면 처음엔 성장이 촉진되어 또래보다 일찍 키가 쑥쑥 자라지만, 뼈 성숙이 급하게 진행되고 성장판이 빨리 닫히게 되어 정상 사춘기 아이들보다 다 자란 성인 키가 훨씬 작을 수 있다. 성조숙증을 조기에 발견해 치료하면 이차성징을 또래에 맞춰 신체와 정신의 부조화를 막고 성인 키가 작아지는 것도 예방할 수 있다.

부모 키가 작다고 해서 자녀가 다 작아지는 것도 아니고 큰 부모 키로 안심할 일도 아니다. 유전의 영향이 제일 크지만, 환경과 영양, 운동, 수면 습관, 스트레스 등도 상당 부분 차지한다.

언젠가 일간지에서 본 인터뷰기사가 떠오른다. "아버지는 내 인생 롤모델"이라는 제목이 눈길을 끌었다. 키 195cm짜리 운동선수, 134cm 키의 아버지를 둔 가족사였다. 키가 작은 왜소증으로 어릴 적 놀림도 많이 받았다는 그의 아버지는 부모님을 대신해 돌봐주던 형이 자신을 업고 있다가 떨어뜨렸을 때 충격을 얻은 것 때문에 자라지 못한 것 같다고 이야기한다.

아버지는 아들이 초등학생이었을 때 경기를 보러 가지 못했다고 한다. 장애 있는 아버지의 모습 때문에 혹시라도 아이가 상처를 받을 일이 생길까 봐서였지만, 아들은 아버지에게 '보러오시면 제가 더 잘할 테니 다음 시합에 꼭 오시라' 고 당부했다고 한다. 그 이후로 그는 한 번도 빠짐 없이 아들의 경기를 지켜봤고 아버지의 응원을 얻은 아들은 무럭무럭 자라 훌륭한 선수로 성장했다.

"아버지만 한 아버지가 될 수 있을지 걱정"이라던 선수의 말에서 아들의 아버지에 대한 존경심을 읽는다. 자식을 키우는 이들이라면 그의 말에 누구든 흐뭇한 미소를 지을 것이리라. 청출어람이라고 하지 않는가. 자녀들이 자신보다 더 잘 성장하기를 바라는 것이 부모의 마음일 터이니.

아들 셋을 키우며 직장 일을 하느라 마음이 무척 바빴다. 어느덧 자라서 둘은 군 복무를 마치고 제자리로 돌아갔고 올해 막내가 입대했다. 대한 건아로서 국방의 의무를 다할 것이라며 씩씩하게 훈련소로 들어가던 아들의 뒷모습이 대견하면서도 가슴이 짠했다. 무탈하게 잘해 낼 것이라 믿었다.

매일 건강하게 지내기를 바랐는데 훈련 과정이 고되었던가. 폐렴으로 국군병원에 입원시켰다는 부대 상관의 전화를 받았다. 근무 마치고 올라가 본 강원도 오지의 군 병원 마당에서 아들 모습을 보고는 눈물 콧물을 쏟았다. 엄마를 다독이며 "잘한다, 잘한다, 칭찬해 주면 잘 자란다."고 아들이 오히려 위로해 주었다.

공공병원에서 나와 가보지 않은 길인 개원을 하면서 진료실 책상에 놓아두고 매일 들여다보는 글귀가 있다. 성공이란 목을 쭉 뻗어보는 자의 것이다(Success belongs to those who stretch out their necks). 시도하지 않으면 아무것도 이루어지지 않으리니. 힘들 때마다 읊으면서 기운을 내곤 하였다.

야전 생활이라 부르는 개원을 하면서 마음을 다잡았다. 한 가지씩이라도 새로운 일을 시도해 보기로 정하였다. 독서 마라톤에 참가하기, 삼 주년이 되면 쓴 글을 모아 책으로 묶기, 방학이면 아이들과 함께 즐거운 문화 행사하기를 실천했다. 올해로 세 번째 독서 마라톤 하프 코스에 참가하였고, 삼 주년 맞이 기념으로 책을 묶기로 했다. 개원하고 조금 안정이 되자 방학맞이 강의와 영화 관람 문화행사를 시작했다.

2001년 연수차 간 미국 소아병원의 소아 내분비 지도교수님은 환자 진료가 끝나면 치료해야 할 케이스에 대해 의견을 나누었다. 가끔은 유대인 지도교수보다 키가 큰 사람이 와서 더 크고 싶다면서 상담하기도 하였다. 큰 키에 대한 관심이 우리나라가 더 높은지 미국이 더한지 궁금해하셨다. 그때는 질병으로 진단받은 작은 아이들에 대한 치료가 주를 이루었다.

귀국 후 의료원에서 성장클리닉을 열어 환자를 진료하였다. 대시민 강좌를 열어 아이 키우는 부모 교육부터 시작하여 치료해야 할 때를 놓치지 않도록 알렸다. 조금씩 성장 환자들로 붐비기는 했지만, 코로나 이후에는 정말 비만과 스트레스로 인해 성장도 잘 안 되고 성조숙증은 확 더 늘어나는 것 같아 아이들이 걱정되었다. 방학마다 성장과 성조숙에 대한 강좌를 여는 이유다.

엘리베이터를 두고 한 층 24개짜리 계단으로 8층을 걸어 올라와 통창으로 아련히 비치는 비슬산을 바라보며 오늘도 읊어본다.

"잘한다, 잘한다, 자란다."

2024. 여름날,
환하게 떠오른 큼지막한 보름달을 바라보며.
정 명 희

■ 차례

1부 소리 없이 강한 것

2부 우리들의 보석

3부 낮에는 해처럼, 밤에는 달처럼

4부 매력적인 사람들

1부

소리 없이
강한 것

행복으로 정할래요?

산등성이 훤히 바라보이는 진료실 창가에 서서 이른 아침의 기분을 정하곤 한다. 어디선가 눈발이라도 흩날려 내려올 듯 잔뜩 하늘이 내려앉은 오늘, 참으로 아늑하고 포근하게 느껴진다. 저 산 위에 하얀 눈이 쌓여도 좋겠고 영상의 기온으로 아지랑이 피어오르면 더 멋진 풍경이 펼쳐질 터이니. 멀리 있는 알프스도, 퐁듀가 맛있던 샤모니 마을도 부럽지 않은 정겨운 풍광이 머릿속을 즐겁게 한다.

통창으로 밝은 햇살이 쏟아져 들어오는 책상 위에는 사진 한 장이 놓여 있다. 거북이 세 마리가 녹색 잔디 위에서 하얀 금이 그어진 트랙을 달려가고 있는 모습이다. 한 마리는 맨 앞에서 기어가고 또 한 마리는 힘이 다 빠져버린 듯 지쳐 보이지만 끊임없이 다리를 움직이는 모양새로 앞에서 두 번째 위치에 있다. 꼴찌로 뒤처진 거북이는 몸통은 마지막에 있어 누가 봐도 맨 마지막 순위를 차지할 것 같지만, 어느 틈에 목을 있는 대로 다 뻗어내어 결승선에 머리가 닿아있다.

어느 해였던가. 막내 아이와 함께 갔던 여행지의 기념품 가게에서 그 사진이 주는 느낌이 묘하게 흥미를 불러일으키는 것 같아 집어 들었던 것인데, 그것을 들여다보고 있노라면 왠지 모를 힘이 솟는 듯하여 늘 곁에 두게 되었다. 경주하는 거북이들 사진 맨 위에는 커다랗게 'SUCCESS' 라고 씌어 있다. 내게 찾아오는 아이들에게 읽어보라고 하면 각자의 마음대로 읽으며 상상한다. "얘는 목이 아픈가요? 키 커 보이려고 목을 이렇게 뻗었어요? 거북이 목이 정말 이렇게 길어요? 얘는 반칙한 것 아니에요?" 종알거린다. 귀를 쫑긋 세워가며 설명을 듣는 아이들이 귀여워서 찬찬히 일러준다. '성공이란 목을 감히 쭉 뻗어보는 자의 것이다' 라고.

33년, 공공병원에서 근무하며 하루하루 열심히 살았다. 어느 날 문득, 다른 세상에서 공부해 보고 싶어 이민 가방 여섯 개를 꾸렸다. 세상에 가장 치열하게 살아볼 것 같은 곳으로 아이들을 데리고 훌쩍 떠났다. 그곳에서 나의 관심 영역을 마음껏 공부하였다.

청소년 의학, 사춘기 발달에 대해서, 잘 자라지 않는 키에 대해서, 성조숙증 치료하는 것을 경험하며 열심히 파고들었다. 생판 다른 세계를 경험하며 귀한 뜻밖의 선물, 경험과 추억도 많이 쌓였다. 9.11 테러가 미국 땅을 공포로 몰아넣었을 때 아는 이 없는 낯선 땅에서 무척이나 외로움과 무서움에 떨었다. 가족이 함께 있어도 객지에서 불귀의 객이 되어 다시는 내 나라로 돌아가지 못하고 부모 형제 얼굴도 못 보고서 구천을 떠돌게 되는 것은 아닐까 두려웠다. 얼마 지나지 않아 사는 곳에서 지진까지 났다. 사이렌 소리 같은, 건물이 뒤틀리며 우는 소리가 길게 이어졌다. 천장에 매달린 전등이 마구 흔들리고 침대가 기울었으며 유리창에 금이 갔다. 그것을 보고 운명의 주사위는 이미 던져졌다고 생각했다. 모든 것은 절대자의 영역에 속할 수도 있으니, 지금 이 순간의 기분을 무엇으로 정할까. 생각 끝에 '행복'으로 결정하자 마음먹었다. 모든 것은 나의 마음에 달려 있을 테니까.

살아남은 것이 감사해서, 훌쩍 떠났던 나를 2년여 시간 기다리다가 다시 찾아오는 나의 환자들이 고마워서 고개를 박고 자리를 지키며 다시 일하였다. 하루가 한 달이 되고 한 달이 일 년이 되고, 10년이 되고 20년이 되어 어느덧 머리에 서리가 내려앉기 시작하였다. 엉덩이가 들썩거려도 한평생 한길을 파며 한곳에서 업을 마치는 것이 좋을까? 또 다른 곳에서 이제껏 가보지 않은 길로 떠나보면 어떨까? 생각이 날마다 극과 극을 달리며 이곳저곳을 오가곤 하였다.

드디어 결정하였다. 나만의 공간에서 제2의 인생을 살아보기로. 코로나19가 한창이라 모두가 멈추어버린 시간을 사는 듯할 때 개원을 감행하였으니 말리는 이들이 더 많았다. 가깝게 지내던 선배는 도시락 싸 들고 따라다니며 말리겠다면서 장시간 여러 차례 전화하여 개원의 어려움에 대해 충고하였다. 하지만 마음은 이미 어떤 일이 있어도 하겠다고 정했으니 어쩌겠는가. 뜨거운 여름 열기도 덥게 느껴지지 않았다. 나만의 공간을 정하여 이리저리 구도 잡고 설계하느라 땀 흘리니 가슴이 뜨거워 왔다. 사방이 훤히 다 보이도록 전면을 통유리로 치장하고 햇살이 가장 잘 드는 공간을 진료실로 정하였다. 창 너머 보이는 산과 하늘이 가져다주는 변화를 만끽하면서 나를 찾아오는 이들을 기쁨으로 맞이하리라.

개원하면서 맨 먼저 떠올린 장면도 바로 이 거북이 사진이었다. Success belongs to those who stretch out their necks.

"내 기분은 내가 정해. 오늘 나는 '행복'으로 할래."라는 이상한 나라의 앨리스를 소환한다. 날마다 좋았던 일만 생각하면서 편안한 마음으로 하루하루 마무리하려 다짐한다.

"수고했어요~! 오늘도. 응원할게요~! 내일도."

깨달음

꽃보다 더 예쁜 이들이 꽃그늘에서 활짝 웃고 있다. 벚꽃 축제가 열리는 거리에서 홀쭉한 사람들과 통통한 이들이 함께 즐기는 중이다. 그때 어디선가 "두 턱아~!" 부르는 소리가 들린다. 이상한 말이어서 돌아보니 진짜 턱이 두 개처럼 보이는 이가 달려오고 있지 않은가.

세 살 버릇 여든까지 간다는 말이 있지만, 버릇만 그때까지 가는 것은 아닐 게다. 어릴 적에 마음에 들지 않는 외모로 인해 별명이 붙여지고 그것으로 불린다면, 그 아이에게 마음의 상처로 남지 않겠는가. 일본에서는 학생들끼리 별명으로 부르는 것을 금지하는 초등학교도 늘고 있다. 별명을 부르는 것이 왕따를 조장할 수 있을 터인데, 하는 마음이 들어 걱정되었다.

아이는 자기의 턱을 손으로 쓰다듬으며 마사지라도 자주 하면 없어질 듯이 마구 문지른다. 짓궂은 이가 어디나 있을 수는 있겠지만, 친구의 외모를 가지고 별명으로 부르며 놀린다면 어릴 적 별명 때문에 받은 상처가 콤플렉스로 자리 잡아 나이가 들어도 남게 될 터인데.

요즘 외모를 이용한 별명 중에서 턱에 관한 것이 많은 성싶다. '붕어' 나 '두 턱' 이라 부르는 이들을 더러 보았다. 아래턱이 위턱보다 뒤로 들어가 있는 무턱의 친구, 턱에서 목으로 이어지는 살이 이중으로 보이는 이중 턱을 가진 사람, 두 턱이라 불리는 턱 밑 살 때문에 고민하는 아이들까지 늘어났다. 하루 대부분 책상 앞에 앉아서 보내는 현대인의 질병인 거북목도 두 턱의 원인이 되기도 한다.

일전에는 코로나 와중에 뻥튀기 기계에 들어갔다가 나온 듯한 아이가 찾아왔다. 아이의 할머니는 예전 여자 코미디인 백 OO이 나타났다며 웃으신다. 손녀는 그가 누군지도 모르겠는데 할머니는 계속 자기만 보면 그렇게 부른다며 눈을 흘긴다. 뱃살도 늘어나면 접히듯, 턱살도 많아지면 쉽게 처지고 접히며 두 턱이 되는 경우가 많다. 선의 경계가 불분명하고 턱이 이중으로 보이기 때문에 두 턱으로 불리지만, 통통한 몸에 두 턱을 드러내는 아이를 보니 웃음이 절로 나왔다.

두 턱 증상은 외모뿐 아니라 건강한 생활에도 큰 영향을 끼친다. 코로나로 인해 고열량 배달 음식을 많이 먹고 집 안에만 있었으니 너 나 할 것 없이 스트레스가 오죽했겠는가. 쌓인 스트레스를 먹는 것으로 풀고 밤늦게까지 스마트폰으로 유튜브나 넷플릭스를 시청하면서 폭식과 야식을 즐기면 비만이라는 친구가 쉽사리 찾아온다. 과식과 폭식, 야식은 비만을 부르는 삼총사다. 결국 먹는 습관이 비만으로 가는 지름길이다.

비만과 친하게 지내지 않도록 하기 위해서는 식사 때 빠르게 먹기보다는 천천히 꼭꼭 씹어 먹는 것이 중요하다. 빨리 먹게 되면 완전히 씹지 않은 채로 넘기게 되기 때문에 소화불량은 물론이고 포만감을 쉽게 느끼지 못해 과식하게 되기 십상이다. 영양 과잉 섭취는 소비되지 않은 열량이 몸속에 쌓이면서 노폐물과 독소를 만들고, 결국 몸의 순환까지 망치게 된다. 잠자리에 들기 2~3시간 전에는 되도록 공복 상태를 유지하는 것이 좋다. 자는 동안에는 소화 기능이 원활하게 이루어지지 않으므로, 야식으로 취한 열량이 고스란히 몸속에 쌓일 수 있기 때문이다.

비만 탈출을 위해서는 좋은 음식을 챙겨 먹어야 한다. 식후에는 비타민 C가 풍부하게 함유된 차를 마시면 지방 흡수를 억제하면서 지방이 산화되는 데 도움이 된다. 타닌 성분이 풍부한 녹차나 홍차를 따뜻하게 데워 마시면 지방 분해에 도움이 되고 마음의 안정도 얻을 수 있으니 일거양득인 셈이다. 아보카도도 좋은 음식이다. 섬유질과 비타민 E, K, 마그네슘, 칼륨이 풍부해 섭취량을 줄이지 않은 상태에서도 복부비만 개선에 좋다.

물을 많이 마셔주는 것도 권장할 만하다. 근육이 지방을 연소하는 데 더 효과적일 수 있고 신진대사를 활발하게 하도록 도와준다. 식습관 개선으로 효과를 볼 수 있지만, 더 비만에서 탈출하려면 꼭 운동을 병행해야 한다. 자전거 타기나 조깅, 빠르게 걷기, 수영, 등산 등 중강도 이상의 유산소 운동을 하루에 30분 이상, 주 5회 이상 하는 것을 목표로 꾸준히 하다 보면 어느새 두 턱도, 비만도 벗어나는 날이 올 것이다.

두 턱이라 불리는 이가 씩씩하게 퀴즈를 낸다. 깨와 소금을 섞으면? '깨소금' 이라고 답하니 이번엔 깨와 설탕을 섞으면? 묻더니 그가 직접 답한다. '깨+달음' 이라고.

아름다운 봄날이 지나가고 있다. 비만에서도, 두 턱에서도 벗어나는 법을 깨달았다는 듯한 표정으로.

날마다 새롭기를

'낯설게 하는 날' 이라는 뜻의 설날이 지났다. 최강한파가 몰아쳐 찬바람이 쌩쌩 불어도, 온통 얼어붙은 대지 위에서도 동백꽃 봉오리는 부지런히 봄맞이 준비를 하고 있었나 보다. 발그레 봄빛을 머금은 꽃봉오리가 탐스럽게 굵어져 곧 벙글 것 같다. 찬바람 속에 오들오들 떨고 있는 그 모습을 한참이나 바라보았다.

늘 새롭게, 처음처럼 새날을 새 마음으로 시작하리라 다짐하며 출근을 서두른다. 머지않아 따스한 봄이 성큼 다가오리라.

설날 오후 당직 근무를 자원하였다. 오랫동안 공공병원에 근무하면서 명절만 되면 이리저리 병원을 찾아 헤매던 아이들이 떠오르기도 하여서다. 아침 일찍 차례를 지내고 서둘러 병원에 오니 벌써 줄이 길게 늘어서 있다. 오후부터 병원 문을 연다고 안내하였음에도 마음이 급해서 차례를 기다리려고 일찍 찾아왔다고 하는 이들이었다.

청송에서 왔다는 아이 아빠는 밀리는 길 위에서 기도했다고 한다, 제발 진료받을 수만 있기를. 세 시간 걸리는 거리를 달려서 겨우 도착하였다는 말에 안도가 스친다. 게다가 진료를 받기까지 두 시간이 더 걸렸다고 하니, 미안해하는 내게 "진료받을 수 있는 것만으로도 고맙지요."라면서 눈과 얼굴이 함께 인사를 해온다. 119 안내를 받고 문을 연 병원이 있다는 사실에 무척이나 안도했다고 하는 그였다. 두 곳밖에 진료하는 곳이 없다는 이야기에 마음이 급해서 달려왔다는 이도 있다. 밤새 열이 나고 못 먹어 축 늘어져 있던 아들이 수액을 맞고 나자 오줌을 누고 싶다면서 몸을 일으키자 아빠의 얼굴 가득 생기가 돌았다고 했다. 아픈 아이를 보고 있는 부모 마음은 다 같지 않겠는가.

명절에 가족과 함께 모여 시간을 보내고 일가친척들 집을 돌기도 하면서 힐링하고자 하는 마음이 간절하였지만, 저렇게 순간을 가르며 좋아지는 아이들의 얼굴을 보고 있노라면 생각이 달라지곤 한다. 휴일 근무에 선뜻 동참해 주는 직원들도 고맙고 또 장시간 달려와 더 많이 기다려도 인내심을 가지고 조용히 대기해 주는 아이와 부모들도 무척이나 고맙다.

구토, 설사로 입술이 바짝 말라 있던 아이도, 열이 나서 얼굴이 벌겋게 되어 열경련을 수시로 하며 어찌할 바를 모르던 아이도, 설날 차례상에 오른 고기를 먹고 눈두덩이와 얼굴이 부풀어 올라 누가 봐도 걱정이 되던 아기도, 연신 기침을 해대며 목이 아프다고 울어대던 학생도 진료에 잘 따라주어서 오후 시간이 어찌 갔는지 모르게 흘렀다.

마지막 환자는 기다리다 지쳐서 흔들어도 일어나지를 못하였다. 그 모습을 보는 순간 등골이 오싹해져 왔다. 응급처치를 해야 할 상황은 아닌가 하여 우선 큰 소리로 외쳐대니 그제야 눈을 뜬다. 이것이 꿈인지 생시인지 하는 듯 멍한 표정으로 바라보는 아이를 흔들어 깨우자 그제야 정신이 들어오는지 눈에 초점이 맞추어지고 고개까지 까딱하며 인사를 한다. 그 모습이 어찌나 감격스러운지 모른다. 얼른 청진기를 대고 진찰을 하고는 등을 두드리며 칭찬해 주었다. 그러자 아이는 인형처럼 또 까딱 고개 인사를 한다.

아이도 엄마도 웃음 띤 얼굴이다. 모든 것은 순간에 갈리지 않던가. 저 아이가 만에 하나라도 더 나빠졌더라면 어찌하였을까. 손에 땀이 났다.

아이들이 돌아가고 어둠이 내리는 거리로 나서며 올 한 해도 무탈하게 잘 살아갈 수 있기를 마음으로 기도하였다.

상점마다 셔터가 다 내려져 스산해 보이는 거리를 지나 주차장에 들어서니 내 차만 덩그러니 서있다. 차에 시동을 켜고 한참을 앉아 불이 켜져 있는 병원의 간판을 올려다보았다. 저곳에서 모쪼록 아이들이 잘 치료되고 좋아져서 나갈 수 있기를. 어머니와 아버지의 기대에 부응하는 치료를 해 줄 수 있기를. 날마다 조금씩 성장하고 나아지는 성인으로 남기를 바라며 시동을 건다.

주차요금 정산을 하고 나오면서 보통날에는 받지 않던 영수증을 받아보았다. 총 주차 금액 1,638,300원, 주차시간 2,074시간 51분, 하루 주차요금으로는 웃지 못할 숫자가 찍혀 있는 것이 아닌가. 오류가 정상으로 승인 완료된 영수증을 들고서 웃을 수밖에 없다. 무인으로 운영되는 자동화 기기가 이렇게 오류를 일으킬 수도 있다니. 그동안 영수증을 받는 것도 지구 환경에 도움이 되지 않는다는 생각에 받지도 않고 확인도 하지 않았었는데.

어찌 되었건 마음 설레는 설날 시즌이다. 순간순간 일어나는 모든 일을 새로운 마음으로 긍정하면서 그때그때 또 새롭게 해결해 가야 하리라.

신이 인간에게 내려준 금이 3개 있다던가. 경제적 여유를 말하는 황금, 건강을 일컫는 소금, 그리고 가장 중요한 지금, '지금, 이 순간' 만 생각하며 날마다 새롭기를.

마음을 열어보세요

파란 하늘을 수놓은 구름이 가을을 연상하게 한다. 하얗게 몽글몽글 양털처럼 모여서 온 하늘을 장식하고 있다. 양떼들이 모여 푸른 풀밭을 누비는 듯하다. 구름은 가을 같은데 기온은 하루가 다르게 치솟는다. 잰걸음으로 다가드는 뜨거움이 절정으로 향해 달린다. 한눈파는 사이 싹이 난 감자를 버리기 아까워 땅에 묻어두었었다. 몇 달 뒤에 그것이 자라나 밭 전체를 덮고 무성하게 잎을 내더니 하얀 꽃을 주렁주렁 달았다. 땅속에서는 실하게 열매를 맺어가고 있다.

감자가 한창인 텃밭으로 향한다. 목덜미에 닿는 햇볕이 따갑게 느껴진다. 하지다. 24절기 중에 태양의 남중 고도가 가장 높은 절기로, 본격적인 여름을 알린다. 그것을 아는지 못자리 논에는 개구리 울음소리가 가득하다.

일 년 중에 낮이 가장 길고 밤이 가장 짧은 날이라는 하지. 낮의 길이가 가장 길고 밤의 길이가 가장 짧다고 알려졌지만, 그건 북반구 얘기다. 남반구에서는 하지에 낮의 길이가 가장 짧고 태양의 남중 고도가 가장 낮지 않은가. 북반구에 사는 우리에게는 하짓날 정오 때 태양 높이가 가장 높고 일사시간이 가장 길고 일사량이 가장 많다. 하지 이후부터는 기온이 본격적으로 올라 매우 더울 것이리라. 하지 때 식탁에 오르는 감자를 하지 감자라 한다. 강원도 지역에서는 감자가 유명하므로, 특히 하지 때 파삭파삭한 햇감자를 쪄서 먹거나 갈아서 감자전을 부쳐 먹었다.

텃밭에 무성하게 자란 줄기를 뽑아보니 감자가 주렁주렁 달려있었다. 땀 흘린 노동의 대가가 이런 것인가. 흐뭇한 마음으로 캐서 소쿠리에 담으니 지나던 이웃이 한마디씩 건넨다. 얼른 삶아 감자파티를 열라고.

빛이 비치지 않는 어두운 땅속에서 부피를 키운 감자가 뜨거운 물속에서 구수하게 익어간다. 투명한 뚜껑으로 보이는 부슬부슬한 겉모습도 입을 유혹한다. 하지에 맛보는 하지 감자, 초보 농사꾼의 땀이 깃들어 있기에 존재마저 고맙고 맛을 더한다.

긴 의료원 생활을 마무리했다. 1988년에 발을 들여놓았으니 33년이 순식간에 흘렀다. 그동안의 일들을 때로는 담담하게, 때로는 뭉클하게 되새긴다. 새로운 길로 다시 발을 내디디며 다짐했다. 하루하루를 특별하게, 예쁘게 마무리하기로. 파란 하늘 아래 선명한 능선을 드러내는 산의 모습처럼, 행복해지기 위해 갖추어야 할 것들이 분명하니까. 순간순간 행복하게 살아가고자 한다.

맑은 하늘 아래 바람이 일렁이는 마당의 평상에 앉아 지인이 보내준 영상을 보았다. 슬기로운 oo생활이라는 프로였다. 의사로 살아왔지만, 그렇게도 재미있다는 그것을 본 적이 없어 흥미로웠다. 선명한 화면구성에 이야기도 재미있었다.

변덕스러운 요즘 날씨만큼 코로나19로 지쳐가는 사람들의 마음도 참 다양하지 않겠는가. 서로에 대한 표현법과 표정도 무척이나 다채롭다. "아 다르고 어 다르다"라고 하는 말도 있지 않은가. 남에게 유별스레 굴지 않고 조용히 자기 일에 충실한 사람을 진중하다고 표현하는 대신, 그를 음흉하다고 말하는 이가 있어 잠시 당황하였다. 하지만 각도를 달리해서 생각해 보면 같은 우리말이지만, 한 사람의 행동에 대해 자신이 느끼는 감정을 표현하는 데에는 또 180도 다르게도 표현할 수 있지 않을까 싶다.

슬기로운 생활 시리즈가 유행인가 보다. 슬기로운 의사

생활도 시즌 2가 시작되었다. 양수가 터진 19주 산모가 병원 응급실을 찾는다. 응급실 당직 전공의가 산부인과 전문의 교수를 찾았다. 그러다가 그 산모에게 "너무 일찍 양수가 터져 아이에게 폐에 문제가 생길 수 있으며 산모도 감염 위험성이 있으니 임신중절 수술을 해야 한다."라고 팩트를 전달한다. 앞으로 일어날 수도 있는 문제에 관해서도 이야기한다. 산모는 절망에 빠져 울음을 터뜨린다. 정말 어렵게 가진 아이라고 제발 아이를 지키게 해달라고 애원한다.

산모는 블로그에서 본 다른 교수를 찾아간다. 그는 태아의 생존율은 낮지만 최소 주수를 채우며 할 수 있는 조처를 자세히 설명해 준다. 가능성은 아주 낮고 과정은 어렵고 산모도 감염 위험성이 있지만, 거기에 함께 대비하며 같이 치료해 나가 보자고. 의아해하는 전공의에게 그가 가르친다. 현재 할 수 있는 일에 최선을 다할 뿐이고, 가능성이 낮기는 해도 제로가 아니기 때문에 도전해 보는 것이고, 산모와 태아에게 가장 좋은 방법을 알려 주는 것이 제일 나은 선택이라고.

시간에 쫓겨 친절하기 힘든 게 사실이다. 하지만, 우리에게 중요한 것은 사람과의 관계에서 서로에게 마음을 여는 일이지 않겠는가. 산모의 절실한 마음에 공감하기에 주치의 교수는 그런 처방을 했을 것이다. 저마다의 삶에 쫓겨 팩트만

얘기한다. 간단명료하게 객관적으로 설명한다. 하지만 세상 일은 보이는 것이 전부가 아닌 경우가 많지 않던가.

조금은 느리게, 조금은 멀리 한 발짝 떨어져서 다시 바라본다면 조금 새롭게 느끼게 되어 더 나은 선택을 할 수 있지 않을까. 슬기로운 생활이 절실히 필요한 요즘이니까.

동지가 지나자 해가 조금 길어졌다. 바람 부는 거리에 서서 바라보니 지나는 이들의 표정도 밝아오는 느낌이다. 사람들은 더 행복하기를 바랄 것이다. 더 나은 미래를 꿈꾸며 앞으로의 계획을 세울 것이고, 빳빳한 달력을 받아 들고 다시 칸을 메우면서 열심히 애쓰며 살아갈 것이리라.

바쁘게 살아온 한 해, 만나 뵙고 싶었던 분들을 손꼽아 보다가 고매한 인격을 가진 은사님께 안부 인사를 보냈다. 해가 바뀌기 전에 식사 한번 대접해드리고 싶어서였다. 그러자 선생님은 개업할 때도 못 가보았는데 꼭 만나서 맛있는 한 끼 밥을 사주고 싶다고 하신다. 어찌하든 얼굴 뵙고 반가운 인사를 나눌 수 있으면 좋은 것 아니겠는가. 약속을 잡고서 벌써 마음이 설렌다.

사람은 모든 사람이 다 좋아하고 존경하기는 어려울 것이리라. 은사님은 조금이라도 좋지 않다는 험담을 들은 적이 없다. 학생으로 만났을 때도, 전공의 수련을 받던 병원에서도, 사회에 나와서 가끔 뵈어도 한결같은 인품이라고 느꼈다. 언제나 단정한 학자이며 늘 따스한 미소를 지닌 신사로, 보는 이로 하여금 저절로 고개를 숙이게 만드시는 분이다. 마음으로는 자주 뵙고 잘 모시고 싶었지만, 더불어서 자주 말씀 들으며 살아가고자 하지만, 사는 게 참으로 뜻대로 흘러가지 않을 때가 많았다. 이제 해가 바뀌기 전에 스승님을 한 번이라도 모시고 멋지게 살아오신 인생 이야기를 한 꼭지라도 들을 수 있다면 그것이 바로 축복 아니겠는가. 결심하고 약속하고 나니 얼마나 후련한지.

일전에는 함께 근무하였던 직장 동료의 연락을 받았다. 마음과 뜻이 잘 통하였기에 그 일터에서 나오고 나서도 항상 마음속에서부터 궁금하던 이였다. 몇몇 옛 직장 동료들과 유기농 재료를 식탁에 올리는 꽤 유명한 장소를 예약하였다고 알려왔다. 일과를 일찍 마무리하고 나서며 그들의 옛 모습을 나름으로 그려보았다. 어찌 변하였을까. 건강하게 잘 지내고 있었겠지. 이런저런 상상을 하면서 들꽃이 많이 피어 있어 그 꽃을 닮아가는 식사 장소에 닿았다. 반가운 이의 얼굴을 발견하고 이름을 부르니, 함께 온 동료가 다른 이름으로 불러보라고 알려준다. 그사이 이름을 바꾸어서 부른다고 이야기하였다. 한평생을 oo이라는 이름으로 잘 살다가 직장까지 퇴직한 마당에 어찌 이름을 바꾸어야 했단 말인가. 의아해하는 표정으로 있으니 그가 설명한다.

진작에 바꾸고 싶었지만, 직장 생활할 때는 서류 바꾸는 것이 너무 번거로울 성싶어서 아는 이들에게만 그렇게 불러 달라고 하였다는 것이다. 이제 직장을 떠나고 나서는 불러주면 좋다는 새롭게 바뀐 이름으로 불리기를 원한다고 하는 것이 아닌가. 좋은 게 좋은 것이니 듣기 좋고 부르기 좋은 발음이라 여러 차례 부르며 입에 붙을 때까지 불러보았다. 부르며 웃고 다시 불러주면서 또 웃었다. 얼마나 바꾸고 싶었을까. 더 좋다는 이름이라는데 말이다.

육십 년 이상이나 쓴 이름을 다시 다른 것으로 바꾸어서 남은 인생을 더 잘 살아가고자 하는 나의 귀한 인연에 많은 축복이 있기를 바랄 뿐이다. 누구는 인생 이 막을 이제 막 시작하였다고 하고 누구는 직장에서 나오면 이제 남은 인생은 나를 위해서 살고 서서히 일에 대해서는 매듭짓기 위해 마무리 준비해야 한다며 단호하게 말한다. 누구도 우리의 앞날을 알 수 없는 일이 아니던가. 새 이름으로 새 인연을 찾아 더 나은 미래를 꿈꾸는 나의 아름다웠던 인연에 아낌없는 박수를 보내주리라.

날마다 인연은 얼마나 새로운지 모른다. 며칠 전 실습생으로 파견되어 온 졸업반 학생은 어릴 적에 나의 단골 환자였다고 고백한다. 병치레가 잦아서 어머니 등에 업혀서 병원 문을 드나들었다니. 자라면서 자주 찾아와서 이름 석 자를 기억하고 있었다고 한다. 오래전, 그때 어떤 인연의 끈이 작동하였던가 보다. 실습할 장소를 찾다가 보니 나의 이름이 적힌 간판이 눈에 들어와 망설임 없이 실습 장소로 정하였다니. 실습을 마치고 직장을 구할 즈음이면 이곳에서 꼭 일하고 싶다고 말하며 볼이 발갛게 달아오르는 그가 나의 소중한 인연이 될 것 같은 예감이 든다.

인연은 우연으로 만들어지고 맺어지는 것일까. 어리석은 사람은 인연을 만나도 인연인 줄 알지 못하고, 보통 사람은 인연인 줄 알아도 그것을 살리지 못하며, 현명한 사람은 옷자락만 스쳐도 인연을 살릴 줄 안다고 하는 말도 있지 않은가.

복福 중에 최고의 복은 인연 복이 아닐까. 떠올리기만 해도 미소가 머금어지고 마음이 넉넉해지는 인연, 그런 복 많이 지으시며 더 행복하시기를.

그리운 풍경

햇살을 만난 지 언제였던가. 불어난 강물이 무섭게 흘러간다. 폭우로 인한 피해 소식이 자주 들려서 시골에 있는 집의 안전이 걱정되었다. 몇 개의 터널을 달려 도착해 보니 빗줄기 속에 묵묵히 서 있는 건물이 그저 반갑다. 여기저기 둘러보니 비가 새지도 않고 별 이상은 없다. 꿋꿋이 견뎌주는 것이 다행스럽다.

텃밭으로 나섰다. 심어놓은 채소들은 잡초 정글 속에서 숨이 막혀 고개만 가늘고 길게 내뻗고 있다. 몇 개 심은 목화는 제 나름으로 자라나 한쪽에서 일가를 이루어 제법 무성하다. 날이 맑으면 '어머니의 사랑' 이라는 꽃말을 가진 목화꽃이 필 것 같다. 백로의 목처럼 고고하게 아이보리색 꽃이 피어나면 다래를 맺으리라. 열매가 익고 부드러운 목화솜을 얻으면 그것으로 옷과 이불을 만들 수 있을까. 상상으로 즐겁다.

쏟아지는 장대비 속에 비옷을 차려입고 커다란 우산을 쓰고 장화까지 색을 갖춰서 신고 발을 맞추어 걸어가는 두 사람이 있다. 말없이 지나가는 그들의 뒷모습을 보며 한참이나 바라보니 시인 류시화의 「외눈박이 물고기의 사랑」이 읊조려진다.

… 두눈박이 물고기처럼 세상을 살기 위해/ 평생을 두 마리가 함께 붙어다녔다는/ 외눈박이 물고기 비목처럼/ 사랑하고 싶다 …

외눈박이 물고기가 늘 궁금했다. 외눈박이 물고기는 인간을 비유한 말이지 않겠는가. 서로 만나야만 완전해지는 불완전한 존재를 나타내고 있지 않은가. 넙치는 두 눈이 왼쪽에 붙어 있고, 가자미는 두 눈이 오른쪽에 붙어 있다고 하는데 두 눈으로도 그들은 한쪽만 보고 있을까. 외눈박이 물고기는 시인의 끝없는 상상력의 결과이리라.

날짐승 비익조도 생각난다. 비익조는 암컷과 수컷이 각각 반대로 눈과 날개를 하나씩만 가지고 있다는 상상의 새다. 짝을 지어 몸을 서로 붙이지 않으면 날지를 못하는 새다. 그런 의미에서 서로 헤어지지 못하고 떨어질 수 없는 남과 여,

금실 좋은 부부를 가리키는 말로 충분하다. 비익조처럼 한쪽 날개만 가졌다고 해도 서로 짝을 지어 몸을 붙여서 함께 날면 되듯이 한쪽으로만 눈이 몰린 외눈박이더라도 인생이라는 바다를 잘 헤엄쳐 갈 수 있기를 바라는 것은 우리의 상상으로도 가능하지 않은가.

며칠 전, 중국 연변에서 온 어머니와 아들이 내 클리닉을 찾아왔다. 아들의 키가 너무 작아서 무조건 키워 주고 싶어서 한 달 전에 입국하였다고 한다. 오래전에 한국에 이미 정착해 터전을 잡은 어머니 형제가 머물며 생활하다 보니 한국이, 그 중에서도 우리 지역이 무척 마음에 들었다고 한다. 날이 갈수록 이곳에서 살고 싶다는 마음이 들어 간절한 목소리로 이야기한다. 눈빛도 목소리도 너무 간절하였다.

어머니는 무슨 일이라도 하면서 살아갈 수 있을지 모르지만, 한국말을 전혀 하지 못하는 아들은 어쩌면 좋겠는가. 우리가 외국에 가서 그 나라 말을 하나도 알아듣지도 말하지도 못한다면 어떤 심정이겠는가. 한때 재미있게 중국어를 배우던 시절이 생각나서 아이에게 몇 마디 한국말을 가르쳐 주었다. 방문 때마다 다시 물어보면 아이는 고개를 갸웃하며 다 잊어버렸다는 표정을 짓는다. 아이에게 쉽게 한글을 가르치는 방법이 없을까. 한글을 쉽게 공부할 수 있는 동영상을 찾다가 보니 우리말을 쉽게 알려주는 리듬이 보인다.

> 가나다라마바/ 가나다라마바/ 가나다라마바/ 날마다 너를 나 수없이 부르고 부르는/ 그 이름이여 (중략) 오랜 세월 너와 있고 나와 있네/ 그 이름이여/ 어렸을 때 너를 알고 사랑했지/ 그 이름이여 (중략) 가나다라마바/ 날마다 너를 나 수없이 부르고 부르는/ 그 이름이여

나의 환자에게 한글 영상을 보여주고 있으려니 점심시간에 찾아온 한 지인이 가, 나, 다, 라, 마, 바를 웃으며 가르친다. 가는 가엾은, 나는 남편, 다는 돌았네, 라는 라면이라도 얻어먹으려면, 마는 말조심해요, 바는 바보 같으니라고! 절대 잊어버리지 않을 방법이라면서.

음악은 삶이라는 감옥에 갇혀 힘들어하는 모든 사람을 위해 건네는 위로주 한 잔 같은 것이라고 하지 않는가. 무엇을 하든 마음 편하게, 너무 많은 걸 다 하려 하지 말고, 스트레스받지 말고 잘 살아갈 수 있기를.

가을 기도

누렇게 익어가는 들판을 달린다. 봄도 여름도 정신없이 보냈다. 가을을 마주하니 90여 일 남은 한 해, 우리의 결실은 어떨까 문득 궁금해졌다.

일전, 학회장에서 본 동기 얼굴이 자꾸 떠오른다. 외국인 무료진료 상담할 때 가끔 그를 만났었다. 코로나19가 덮친 후 의사회 무료 진료소도 문을 닫아야 했으니 어느새 몇 년이 흘렀다. 일이 생겨 곧 자리를 떠야 한다는 내 말에도 그는 "잠깐 앉았다가 옮기면 되지." 하면서 짐을 챙겨 나의 옆자리로 옮겨 왔다. 그동안 잘 지냈느냐는 안부 인사에 그는 "심장을 열어 수술하였다."라고 담담하게 이야기한다. 놀란 측은 나였다. 심장을 열어서 해야 할 수술이라면 얼마나 긴박하였겠는가. 동그랗게 눈을 뜨고 바라보는 나에게 그는 그동안의 일을 전한다.

갑자기 심장이 아팠다. 보통 일이 아닌 듯하여 그가 속한 구역 병원에 근무하는 후배에게 연락하였다. 모든 것을 다 맡기고 수술대에 누워야만 했다고 했다. 다시 보니 얼굴이 무척이나 수척해 보인다. 젊은 시절 해외 의료 선교를 다니며 남을 위해 봉사에 열성이었지만, 얼마나 고통이 컸겠는가. 그러한 흔적이 역력하지만, 표정엔 기쁨이 서려 있는 것 같았다. 항상 건강 잘 챙기고 조심 또 조심하라는 나의 충고에 모든 것은 신의 뜻이라고 그가 무덤덤하게 이른다.

하느님이든 부처님이든 조상신이든 누구를 얼마나 믿든간에 기쁜 얼굴빛과 순하고 부드러운 말씨로, 성실한 마음으로, 온화한 기운으로 일상을 살아가는 일이야말로 도가의 양생술인 단전호흡이나 불가의 수양법인 참선을 하는 것보다 낫다고 하지 않던가. 늘 그리 생활하는 이가 있다면 그가 바로 신이요 참부처라고 할 수 있지 않으랴.

하루 생활을 시작하는 아침이면 그 동기의 기도문이 도착한다. 맑고 밝은 기운을 채워서 오늘도 참되게 살아가라고. 하늘을 하얗게 수놓는 구름이 가을을 떠올리게 하듯이 그의 기도문은 소박함과 진솔함 그리고 소통하며 살아가기를 뜨겁게 소망한다. 영어 원문과 한글 번역본을 섞어 보내주는 기도

문이 하루를 알차게 살아가게 하는 힘이 된다. 빠짐없이 누군가를 위해 기도할 수 있다면 그것 또한 좋은 마음의 건강법 아니겠는가. 참 감사한 가을 기도이다.

닷새를 도시에서 근무하고 주말을 포함한 이틀을 오일장이 서는 촌에서 지내는 생활이 이젠 익숙해 간다. 시골살이하다 보니 자연이 주는 즐거움 또한 크다. 얼마나 감사한지 모른다. 마당 가득 피어난 페퍼민트가 꽃을 피우는 것도 즐겁고, 향내를 들이켜며 기억을 차곡차곡 추억으로 저장하는 일도 기쁘다. 잎을 따서 생차로 즐기는 허브차, 온몸 가득 향이 스며들어 정신을 맑게 해준다.

캐모마일, 재스민, 세이지 잎은 나의 삶에 함께할 소중한 인연들을 위해 따로 말려 준비한다. 허브 같은 향기를 지닌 이들, 늘 마음을 따뜻하게 해주고, 생활에 활기를 불어넣어 주고, 떠올리는 것만으로도 바로 옆에 있는 듯 편안해지는 이들이다. 차를 마시며 담소할 시간을 준비하는 순간이 즐겁다. 몸을 따뜻하게 해주고 긴장을 풀어주며 피로한 세포들 속으로 들어가 그것들을 천천히 녹여 내곤 할 차를 만드는 가을, 기도의 시간이 영글어 간다.

어느 스님의 법문에서는 '권세를 다 쓰지 말라, 복을 다 받지 말라, 모범을 다 행하지 말라, 좋은 말을 다 하지 말라'

고 가르친다. 가지고 있는 권세를 다 쓰지 않으면 안 된다고 생각하다 보면 권세를 휘두르는 사람이란 소리를 듣게 되고, 주어지는 복을 다 받지 못해 조바심을 내다보면 그 복으로 인해 화를 입게 되어 있다고. 지금까지 받은 것만으로도 충분히 많은 복을 받았다고 생각해야 그 복이 오래 간다고 이르신다.

사람이든 식물이든 역경을 이겨내지 못하면 자신이 가진 생명의 씨앗을 다 꽃피울 수가 없지 않던가. 어려움을 이겨내고 날마다 보내주는 그의 기도를 대하노라면 보왕삼매론이 머릿속에 맴돈다.

> 몸에 병 없기를 바라지 말라./ 몸에 병이 없으면 탐욕이 생기기 쉽나니,/ 그래서 성인이 말씀하시되 병고로써 양약을 삼으라 하셨느니라./ 세상살이에 곤란함이 없기를 바라지 말라./ 세상살이에 곤란이 없으면 업신여기는 마음과 사치한 마음이 생기게 되나니 (중략) 공부하는데 마음에 장애 없기를 바라지 말라./ 마음에 장애가 없으면 배우는 것이 넘치게 되나니,/ 그래서 성인이 말씀하시되 장애 속에서 해탈을 얻으라 하셨느니라.

하나의 씨앗이 움트기 위해서는 흙 속에 묻혀서 참고 오래 견뎌야 하리니. 가을에 하는 기도다.

소리 없이 강한 것

7월이 열리고, 여름이 깊어지고 있다. 풀꽃들은 키를 높이고 더불어 푸르름도 짙어간다. 시골은 여름의 계절이라 하였던가. 시골살이가 주는 풍요로움을 즐긴다. 비 갠 뒤 하늘빛이 선사하는 평화가 새삼스럽게 고맙다.

오랜만에 텃밭에 들렀다. 복분자가 가득 매달려 가지가 휘늘어져 있다. 어린 줄기가 무엇인지 몰라서 봄이면 잡초라고 여겨 뽑기를 몇 해나 했었다. 자꾸 돋아나 몸피를 불리기에 이웃 농대 교수께 여쭤보았다. 뜻밖에도 복분자라고 하시는 것이 아닌가. 귀한 물건을 알아보지 못하고 계속 잘라대었으니 얼마나 속이 상했을까. 커피 찌꺼기로 거름을 주며 뿌리를 보살폈더니 활개를 편다. 봄이면 하얗고 앙증맞은 꽃으로, 여름이면 새콤달콤한 열매를 매달아 눈길을 끈다. 밭머리에 들어서기만 해도 복분자 나뭇가지는 바람도 없는 허공에서 일렁이며 반긴다. 주인의 발걸음만 기다리고 있었던가 보다. 뽑히고 꺾이는 역경 속에서도 씩씩하게 견뎌내며 굵고도 탐스러운 열매를 달고 서 있는 복분자라니. 잘 대해주지 못한 그 나무들, 애정을 제대로 쏟지도 못하고 다 자란 아이를 대하는 부모의 심정이 이럴까. 가슴이 아릿하다.

'소리 없이 강하다'. 잊히지 않은 광고 카피다. 1997년 3월, 대한민국에서 독자 개발한 중형 승용차 레간자가 탄생하였다. 소리 없이 강한 차를 캐치프레이즈로 하였고 유난히 정숙성을 강조하였던 차다. 개구리가 레간자 루프에 올라서서 미소 띠며 외발로 서 있는 장면이 잊히지 않는다. 돌아온 강자, 레간자 구매에 줄을 섰던 그때가 세월이 많이 흐른 지금도 좋은 추억으로 남아있다.

아이들에게도 '소리 없이 강하다'가 떠오르는 순간이 있다. 가방에 캐릭터 인형을 매달아서 다니는 아이, 쿠션이나 팔걸이 등을 가지고 다니는 아이를 볼 때다. 잠깐 눈을 붙이거나 의자에 앉아 있을 때, 잠시 머리를 기댄다거나 하는 용도로 쓰면 좋을 것도 같다. 하지만 생리통이 너무 심하여 고통받던 아이가 그것을 안고 있는 것을 볼 때면 소리 없이 참아내는 그 아이가 강하게 느껴진다. 많이 아플 때 그것을 안고 있으면 조금 덜 아픈 것 같다고 말하는 아이, 부모에게 아픔을 이야기하지 못하고 자신만의 방법으로 마음을 달래다니. 스마트폰이 소지품 중의 보물 1호가 되면서 가족 간의 대화가 많이 줄고 맞벌이 핵가족 형태로 바뀌면서 서로의 정을 나눌 기회가 줄어들었으니, 허한 마음을 달래는 좋은 방법일 수도 있을 것 같다. 하지만 스스로 고통을 나름으로 해결하려는 애어른 같은 아이를 보니 마음이 짠해 온다.

한 가족이 상담을 청하였다. 아이가 손톱을 물어뜯는 것이 걱정된다는 것이다. 들어보니 조용한 ADHD(주의력결핍 과잉행동장애) 의심 증상으로 보였다. 흔히 시끄럽고 산만하리라 알고 있지만, 조용하면서도 자기만의 세계에 빠져 대인 관계가 잘 안 되는 조용한 ADHD 증상의 아이들이 의외로 많다.

친구를 사귀지 못해 우울해하기도 하고 아무도 자기를 좋아하지 않을 것으로 생각하기도 하며 혼자 공상에 빠져 그림을 그리고 스토리를 만들며 놀기도 한다. 온라인 커뮤니티에 가입하여 비슷한 관심사를 가진 사람들하고만 소통하고, 잠도 자지 않고 새벽까지 인터넷 카페 활동을 하며, 아침에 일어나기 힘이 드니 학교에 지각을 하기 일쑤다. 친구들의 관심사에서도 차츰 멀어져가고 스스로도 더 고립되어 힘들다. 가끔 멍 때리다가 주제에서 벗어난 말을 한다. 뜬금없는 질문을 던지기도 하고 눈도 지속하여 맞추지 못하며 주변을 자주 두리번거리곤 한다. 이를테면 자기만의 세계에 빠져 있는 셈이다. 지능검사와 집중력검사가 필요한 집중력 장애다.

조용한 주의력 결핍 과잉행동 장애(ADHD) 아이는 저학년 때까지는 공부도 곧잘 했는가 하면, 어려서부터 행동이 산만하지도 않고 충동성도 없었으며, 순하고 밝은 아이였다. 레고를 맞출 때는 꼼짝하지 않고 몇 시간이나 집중력을 보였다. ADHD의 30%는 과잉행동, 충동성이 없는 '조용한 ADHD' 로 집중력이 부족하지만 좋아하는 것에는 지나치게 몰입하여 오히려 집중력이 좋다고 오해하게 한다. 반면 자신이 원하지 않거나 좋아하지 않는 것, 지루한 일에는 집중하지 못한다. 소통은 친구 관계에 매우 중요하다. 저학년까지는 행동으로 문제를 잘 드러내지 않게 되니 늦게 발견되기도 한다.

코로나로 혼자 지내는 시간이 많아졌다. 마음은 공허하고 대화는 더욱 없어졌다. 긴 시간을 할애한다고 좋은 것이 아니라 짧은 순간이라도 따스한 눈 맞춤과 진심 어린 미소가 우리 삶을 더 풍요롭게 하리라. 소리 없이 강한 것처럼.

무엇을 상상하든

아침 출근길, 하늘은 파랗고 구름은 하얗게 두둥실 떠 있다. 길은 훤하게 비어 한산하다. 오늘도 기분 좋은 하루다. 잠시의 여름휴가를 떠난 이들이 많은가 보다. 2021년 나만의 공간에서 진료 시작을 알렸다, 7자가 여러 개 들어가는 7월 27일에. 정말 가까운 몇 분에게만 소식을 전했는데 어찌 알았는지 화분과 쌀이 도착하기 시작하여 복도를 메웠다.

그동안 잊고 지냈던 이들이 지나가다 현수막을 보고 올라왔다며 반가워 어쩔 줄 몰라 했다. 10여 년 전, 사흘이 멀다 하고 아이가 병치레를 해대어 입원을 밥 먹듯이 하던 가족이다. 병실 하나를 아예 전세라도 들어와야겠다던 아이는 훌쩍 자라 내 키를 넘어섰고, 병원 생활이 지긋지긋하다며 울먹이던 엄마는 어느덧 간호조무사 자격증을 따서 병원 관련 업무를 하고 있다고 했다. 인연이 다시 맺어지면 얼마나 좋으랴 싶었을 정도로 마음에 남아 있던 이들이다.

개원하면서 기념품으로 무엇을 준비할까 고민이 되었다. 이리저리 궁리 끝에 수건이 좋을 것 같았다. 상호가 들어간 수건으로 한여름 땡볕에 그늘도 없이 앉아서 물건을 팔거나 거리에서 노점 하는 분들에게 나누면 좋겠다 싶었다. 시장 근처에 자리 잡다 보니 병원을 들락거리는 차들과 아이들이 어쩌면 그분들께 득이 될 수도 있겠지만, 때로는 성가시게 되지 않을까 염려도 되었다.

상인회 회원들, 그리고 거리에 앉은 이들, 모두를 헤아리니 그 수가 상당하였다. 그래도 골고루 돌아가면 좋지 않을까 싶어 상인회 대표에게 숫자대로 보냈더니 이튿날 바로 기별이 왔다. 찾아오는 손님은 가능한 한 근처 시장 안 점포로 안내하여 간단하게 대접하는데, 그 식당 주인이 나를 알아보고는 콩국수를 곱빼기도 넘게 담아 내놓았다. 얼마나 양이 많은지 남기지도 못하고 먹고는 바로 소화제를 먹어야 할 정도였다. 작은 것이라도 잊지 않고 챙겨주며 보답하고자 하는 고마운 이웃들이 있어 즐거운 앞날이 기대되었다. 새로운 터전이 신기하고 행복했다.

병원 복도에는 신사임당 나무가 가득했다. 선물로 즐기

는 의미를 물어보았다. 신사임당 얼굴이 5만 원 지폐에 들어가 있으니 나날이 번창하여 오만 원짜리가 주렁주렁 열리라는 뜻이라고 했다. 가까이 두고 보라고 보내는 이들의 화분은 군자란이 태반이었다. 군자란의 꽃말이 '반드시 찾아오는 행운' 이라니 고개가 끄덕여졌다. 여드름투성이 고등학생이 땀을 뻘뻘 흘리며 안고 들어온 주황색의 군자란처럼 나에게 행운은 반드시 찾아올 것 같아 더 기운이 났다.

꽃과 나무와 쌀 그리고 화환으로 가득한 진료실과 병원을 보면서 그동안 나는 그분들께 무엇을 해드렸을까 돌아봤다. 딱히 생각나는 것도 없는 것 같아 마음이 편치 않았다. 건너편 병원에 근무하는 선배는 병원이 눈에 잘 들어오지 않아 환자들이 찾아오기 힘들 것 같다면서 현수막을 다시 만들어 걸어놓으라고 조언했다. 정신건강의학과를 전공한 원로 선배님은 이제야 보살이 서남시장 가에 자리를 잡아 제대로 보시를 시작하는 것 같다며, 늦었지만 열심히 놀지 말고 하라고 놀려댔다. 모두가 자기 일만 하기에도 바쁜 세상에 이렇게 관심을 듬뿍 담아 조언해 주심이 얼마나 고마운지 모르겠다.

오랫동안 근무한 병원의 환자들은 그동안 소식을 몰라 궁금했는데 개원 소식이 반갑다며 카톡을 울려댔다. 병원 위치를 네이버에 검색해서 왔다는 이, 아이 학교 학부모들한테 소식을 알았다는 이, 책을 냈다는 것을 블로그를 보고서 알게 되어 찾아왔다는 이 등 여러 곳에서 소식을 듣고 달려왔다.

앞으로 꿈을 안고 나아갈 33년의 새로운 인생을 위해서 책을 묶었다. 『복사꽃 오얏꽃 비록 아름다워도』. 개원 준비에 바빠 미루다 베풀어준 정성에 보답하는 의미로 한 분씩 선사하려고 마음먹었다. 그 첫 시작으로, 문득 생각나서 들렀다는 고등학생 아이에게 한 권을 건넸다. 제목을 뚫어지게 보고 있기에, 감동으로 그런가? 슬쩍 물어보았다. 복사꽃이 무슨 뜻일까? 그가 씩씩하게 답한다. "복사한 꽃, 'Printed Flower', 아닌가여?" 유창한 발음으로 아무런 의심도 없는 표정을 지으며 씩씩하게 대답하는 그 녀석에게 무어라 대답해야 할까? 그냥 웃지요. 그냥 가만히 웃어줄 수밖에. 무엇을 상상하든 때로는 그 이상인 경우도 많을 테니까.

칭찬 상장

산등성이 위로 발갛게 해가 떠오른다. 차가웠던 창문이 환해지더니 따스한 온기가 대지에 퍼진다. 날마다 떠오르는 해지만 오늘따라 더 반갑게 느껴진다. 이제 곧 정다운 얼굴들이 찾아올 것이다.

구릿빛 아이들이 진료실에 들어왔다. 그 나라 원주민인가 싶을 정도로 검게 그을려 잘 익은 아이들의 표정이 참 밝아 보인다. 키도 쑥 자라났고 몰라보게 건장한 청소년으로 변해 있었다. 몹시 반가워 녀석들을 덥석 안아보았다. 사춘기가 빨리 찾아와 걱정이라던 아이들, 키가 별로 안 크게 되면 어쩌지, 정기적으로 맞아야 하는 주사는 또 어찌할꼬. 이런저런 걱정으로 출국 준비를 하면서도 그것이 제일 큰 고민이었다는 그들이었는데, 잘 해결되어 찾아와 인사를 전하니 얼마나 좋은지 모르겠다.

코로나가 아무리 지배해도 세상은 다 연결되는 방법이 있지 않겠는가. 긴급한 상황에서는 서로 소통하는 법이 발달하여 해결할 수 있는 방도가 있으니 말이다. 영문 진단서를 붙여 치료제를 가지고 가면서도 걱정이 많았다고 했다. 이쪽에서 하던 치료를 그쪽에서도 지속할 수 있도록 이것저것 배려해 주어서 감사하다는 인사를 전하는 어머니, 그 표정엔 이제 어떤 어려움이 닥쳐와도 다 해결할 수 있을 것 같다는 자신감이 가득해 보인다. "참~! 잘했어요!"라는 상장이라도 수여하고 싶다.

코로나 시국에 어려움을 당하지 않은 이들이 있겠는가. 먹고사는 일에 관한 일, 아이들을 기르는 일, 교육하는 일, 보고 싶은 얼굴을 보지 못하는 일, 다시 돌아올 수 없는 먼 길 떠나는 이들마저 얼굴 한 번 더 만져보지 못하고 돌아서야 하지 않았던가. 사람들은 모두 자신이 가장 힘들었다고 회상한다. 자영업자는 자영업자대로, 여행업계는 여행업계대로 또 직격탄을 맞지 않았겠는가. 그대로 주저앉지 않고 살아나온 분들에게도 잘 이겨냈다는 상장을 보내고 싶다.

치료자 입장에서는 코로나로 직접 찾아오지도 못하고 있는, 장기간 치료해야 하는 아이들이 걱정되었다. 가족의 일로 또는 학업으로 우리나라를 떠나서 생활해야 하는 이들도, 언어가 다르고 환경이 다른 곳에서 지내는 이들이 늘 마음에 남았다. 평생 가지고 살아야 할 몸, 건강하게 자라야 하지 않겠는가. 때로는 힘든 일이 생겼다면서 나의 연락처를 검색해 문자를 보내기도 하고 또 멀리서 메신저가 도달하기도 한다. 더러는 장문으로 현재 상황을 설명하는 이메일을 전하기도 한다. 일본에 간 한 아이는 가져간 진단서와 치료제를 보고는 그곳에서도 똑같은 처방을 해주더라면서 사진을 첨부한 이메일을 보내왔다.

참 감사하고 반가운 이들이다. 각자의 위치에서 최선을 다하며 버티고 있을 이들, 어려울 때 생각나는 이름이라며 소식을 전해주는 이들, 잘 치료하고 있다면서 안부를 보내는 이들, 그들이 있어 세상의 소식을 듣노라면 더 정성 들여 처방을 내야지 하는 마음이 든다. 마음으로 연결되어 소통할 수 있는 세상이다. 멋진 감사 인사를 누구에게라도 보내고 싶지 않은가.

오늘, 반가운 선물을 받았다. 감사상장이었다. 어느 학교에서 아이들이 방학하는 날, 일 년을 지내면서 가장 감사하고 싶은 사람에게 보내는 감사 인사를 상장으로 만들어서 보내는 행사를 한 모양이었다. '한 해 동안 00을 치료해 주시고 어느 병원, 누구보다도 친절하게 대해주셔서 고맙습니다. 감사한 마음을 이 상장에 담아 드립니다.' 라는 문구가 적혀 있다.

그것을 받아 들고서 가슴이 뭉클해졌다. 정말 더 친절하게 대해주어야지. 아픈 아이들이 누구보다 잘 자라날 수 있도록 힘을 보태서 잘 키우는 노력을 다해야지. 한마디라도 더 힘이 나는 말을 건네고 칭찬해 주어야지. 그들이 몸담아 살아가는 현실이 따스한 세상임을 느끼도록 그들의 마음을 어루만져 주어야지. 언제나 최선을 다하고 노력하는 어른이 되리라 스스로 다짐한다. 상장을 가장 잘 보이는 장소에 붙여두고 날마다 결심을 새롭게 해야겠다는 새로운 도전을 하게 만든다.

"나는 날마다 새롭게 변했을 뿐입니다. 그것이 나의 성공 비결입니다. change(변화)의 g를 c로 바꿔보십시오. chance(기회)가 되지 않습니까? 변화 속에 반드시 기회가 숨어 있습니다." 마이크로소프트 회장이었던 빌 게이츠가 한 말을 새겨본다.

태국으로 떠났던 가족도 아이들이 부쩍 커서 나타나기를, 과테말라에서 살아보고자 출국한 이들도 가족과 더불어서 더 행복한 얼굴이 되어 다시 만날 수 있기를, 모든 이가 감사와 칭찬의 상장을 쓰고 싶게 우리들의 환경이 갈수록 나아지기를 소망한다.

불타는 사랑, 봄이 왔다

게의 발 모양으로 쭉쭉 뻗어가는 가지 끝에 진홍의 꽃이 달렸다. 시들시들 말라가는 화분을 들여다보다가 안타까운 마음에 볕이 잘 드는 창가로 옮겨두었다. 몇 주 지나자 따스한 봄기운이 전해졌는지 생기가 도는가 싶더니 어느새 진분홍 꽃을 잔뜩 달고 있다. 게발선인장의 꽃말은 '불타는 사랑'이라던가. 예쁜 꽃대와 참 잘 어울리는 꽃말인 것 같다.

향이 그윽한 매화꽃이 피었다며 달밤에 소식을 전해주던 지인은, 매실이 달렸다며 통통 튀어 오를 듯한 목소리로 전화를 걸어왔다. 암술과 수술머리를 붓으로 문질러서 장난삼아 인공수정을 해주고 창가에 두었더니 따스한 봄볕이 정성을 가상히 여긴 것 같다며 좋아한다. 작고 앙증맞은 열매를 올망졸망 달리게 해주다니 자연도 지극정성에 보답해 주는 법이라고 믿고 싶다. 작은 화분에 심어둔 매화나무에 가지가 무거워 보이도록 매실이 매달려 있는 사진을 보면서 봄이 위대한 힘을 가졌음을 실감한다. 정말 스프링이 튕겨 오르듯 만물에 생기를 돌게 하고 차가운 현실 속에서 힘겹게 살아가는 이들의 가슴에 희망을 가득 품게 하는 봄, 그 봄이 찾아왔다. 추위를 밀어내고 뚜벅뚜벅 걸어온 봄이 우리 앞에서 생기를 북돋우려고 '스프링' '스프링' 노래를 하는 듯하다.

이제 봄방학이 끝나간다. 개학 준비로 부산한 아이들, 그보다 더 마음 바쁜 부모들, 긴 방학에도 채 끝내지 못한 숙제를 마무리하느라 건강은 챙길 사이도 없었나 보다. 뒤늦게 점검하려니 자신만 사정을 몰라서 뒤처져 있었던 것 같다며 걱정스러운 얼굴로 아이 손을 잡고 성장클리닉으로 찾아오는 이들이 많다.

딸의 신체 성숙이 너무 빠른 듯하고 정수리에서는 청국장 냄새가 묻어나는 것 같다면서 호탕하게 진료받으러 왔던 한 아이 엄마가 있었다. 혈액 검사를 하려고 아이가 검사실에 들어가는 것을 보더니 갑자기 어지럽다면서 얼굴이 백지장처럼 되어 쓰러졌다. 응급상황이었다. 다리를 올린 자세로 눕히고 산소를 찾아 코에 대려는 순간, 눈을 뜨더니 몹시 수줍은 듯이 몸을 가다듬는 것이 아닌가. 자주 어지럽기도 하고 간혹

구토까지 동반되기도 하였다면서, 불안하면 그런 증세가 나타나곤 하는데 이제는 깨끗이 괜찮아졌다며 태연한 척한다. 안정을 취하라고 하여도 벌떡 일어나 앉았다. 마치고 나가면서도 바쁜 시간에 걱정하게 해서 정말 미안하다며 얼굴을 붉힌다. "우리 엄마 쓰러진 것, 너무 창피하대요." 귓속말로 속삭이는 아이의 표정에서도 진심으로 미안함이 보였다.

문득, 희망과 회복 탄력을 되찾기 위한 어느 불안증 환자의 지적 여정을 다룬 『나는 불안과 함께 살아간다』라는 책이 생각난다. 지은이는 불안증과 평생 싸워 온 환자였다. 그 책에는 위대한 생물학자 다윈의 이야기가 많이 나온다. 결혼 직후 다윈은 진화론 작업을 본격적으로 시작했다. 그때 처음으로 주기적인 구토를 겪는다. 파티나 모임이 있으면 불안 때문에 쓰러졌고 격한 떨림과 구토 발작이 일어난다. 그래서 여러 해 동안 파티나 모임을 모조리 포기해야 했을 정도였다. 다윈은 진입로로 들어오는 손님들을 집에 들어오기 전에 미리 볼 수 있도록 서재 창밖에 거울을 설치했다. 마음의 준비를 단단히 하고 자신이 숨을 시간을 벌기 위해서였다.

누구에게든 불안은 존재한다. 불안이 자주 엄습한다면 각자는 그에 대해 준비하고 또 스스로 불안과 더불어 잘 살아가는 법을 배워야 하지 않겠는가. 그래야만 우리 삶에서 정상적인 생활을 하면서도 유머를 잃지 않고 불안을 떨치며 꿋꿋이 살아갈 수 있으리라. 아이와 어머니를 진료실 문밖까지 배웅하며 이야기해 주었다.

"어머님, 괜찮을 거예요. 봄이 되면 겨우내 움츠렸던 나뭇가지에 꽃망울이 피어나듯 가끔 힘든 것이 찾아와 오늘과 같은 일이 생기더라도 툭툭 털고 잘 이겨낼 수 있을 거예요. 이제 봄이니 스프링처럼 탄력을 받아서 조금씩 불안함을 이기고 튀어 올라야지요. 아이의 상태도, 어머니의 건강도 모두 다 좋아질 거예요."

봄볕이 따사롭다. 따스하게 비치는 태양 빛이 불안정한 꽃대에도 좋은 기운을 듬뿍 전해줄 것이리라. 스프링이 움츠렸다가 튀어 오르듯 꽃망울들이 머잖아 톡톡 터져 세상을 환하게 밝혀줄 것이리라.

만물이 소생하는 봄, 불타는 사랑의 계절이다. 힘차게 시작해 보는 거다. 누구나 한 계절을 이기고 나면 그만큼 성숙해 갈 것이 아닌가. 게발선인장꽃을 보며 소망한다. 아픈 이들의 몸과 마음이 잘 치료되기를, 언제 어디서나 어떤 조건에서도 무조건 사랑하기를, 그리하여 모두 불타는 사랑으로 하루를 살아갈 수 있기를.

신기한 놀이터

커다란 창으로 보이는 하늘이 맑고 푸르다. 비 갠 뒤 흰 구름이 산허리를 두르고 있다. 가을이 빠른 걸음으로 달려오고 있음을 느낀다. 목청껏 울어대던 매미 소리도 이제 머잖아 사라질 것 같다. 낮이 저물면 밤이 찾아오고, 무더운 여름도 때가 되면 소리 없이 물러나 가을이 찾아온다. 사람의 힘으로는 어쩔 수 없는 자연의 법칙이 참으로 오묘하다 싶다. 서늘한 가을바람에 기대어 늦도록 책을 읽으며 하루의 시간을 행복하게 마무리할 수도 있을 것 같아 왠지 설렌다.

신기한 공간에서 진료를 시작한 지 3주가 지났을 때였다. 소식을 몰라 찾아오지 못했다며 늦게라도 달려와 응원해 주는 이들이 있어 날마다 신이 났다. 영원히 변하지 않을 것이라면서 보내준 아름답게 빚은 도자기 선물. 어디에 놓으면 그분의 인품을 잘 기억할까. 햇살과 바람이 잘 통하는 진료실에 두고 어느 여행지에서 가져온 바나나 잎을 꼬아 만들었던 작품을 꽂아 두었다. 더없이 멋지다. 길 건너편에 계시는 선배님은 한가한 시간이면 창을 열고 손 내밀어 보라며 전화를 하셨다. 가까운 곳에 마음으로 의지가 되는 분이 계신다고 생각하니 참 든든했다. 느닷없이 선글라스를 쓰고 나타나 얼른 알아차리지 못해 당황하는 내 모습에 소년처럼 박장대소하는 노익장이라 더 친근하게 다가왔다.

쏟아지는 장대비를 뚫고 여고 동창생이 찾아왔다. 꿈 많던 갈래머리 여학생 시절에 만나 지금까지 좋은 일 슬픈 일 가리지 않고 서로를 챙겨주고 있다. 대학생만 되면 무전여행을 해보리라 다짐했던 아이들. 대학 1학년 여름방학, 울릉도로 무전여행을 떠났었다. 풍랑에 마구 흔들리는 배를 타고 버티기 힘들어 배 바닥에 모두 드러누웠다. 멀미가 너무 심해 도착할 즈음엔 초주검 상태였었다. 그때 그 섬에서의 일주일은 꿈같은 시간이었다.

새벽 바다를 훤히 밝히는 오징어 배, 그것을 타고 먼바다로 나가보고 싶어 선장님께 부탁했다 단호히 거절당했다. 여자가 배에 오르면 바다의 신이 화를 내어 풍랑을 일으킨다나 어쩐다나? 간청하는 우리의 소망을 단칼에 끊어버렸다. 지금

울릉도 오징어 배가 여성을 태워주는지, 성인봉은 잘 있는지, 배가 닿는 위치의 그 성당은 어찌 변했는지 몹시 궁금하다. 그때를 되새기면서 추억을 더듬다가 한 친구가 아련한 목소리로 속삭인다. 그때의 경험만 떠올리면 우리에게 어떠한 어려움이 닥쳐와도 모두 다 쉽사리 헤쳐나갈 수 있을 것 같다고. 우리들의 여행, 앞으로 살아갈 날들, 그런 이야기로 좋은 인연을 이어갈 수 있는 공간이 있어서 더없이 즐겁다.

오랜만에 찾아오는 이들에게 고마움을 어찌 표할까. 알아보니 맛있게 먹을 만한 곳이 근처에 참 많았다. 서남시장이라고 검색하면 '족발' 이 나올 정도라고 한다. 콜라겐이 풍부하다고 알려진 족발이라 젊은이들도 좋아하는 것 같았다. 가마솥에 푹 고아 식혀서 포장한 쫀득쫀득하고 시원한 족발부터 따스한 족발에 마늘 소스를 곁들인 메뉴까지, 보기만 하여도 입에 침이 고일 정도라고 한다. 가게에는 신선하게 튀겨놓은 튀김이 가득하고, 연세 든 동서 둘이서 운영하는 국수 가게에는 시원한 잔치국수를 먹으려는 손님들로 북적인다. 일터가 시장 가까이에 있다 보니 그분들의 활기가 그대로 전해온다. 출근과 퇴근 시간 모두 기를 듬뿍 받아서 신나게 생활한다. 날마다 때마다 마수걸이라면서 반겨주시는 노점상 아주머니는 맛있게 보이는 햇땅콩을 됫박이 넘치도록 담아 건네주신다.

힘들고 어려운 상황이지만, 그분들을 가까이에서 만나보면서 감사함이 여유를 가져다준다는 것을 새삼 느낀다. 지나는 길손에게 인사하며 감사하고, 물건 사는 이들에게 좋은 얼굴빛과 친근한 목소리로 보시하면서 잘 참아내는 선한 이웃들이 있어서 근심도 걱정도 없이 마음 편하게 배우며 생활할 수 있을 것 같아 감사하다. 어렵더라도 조금만 참으면 자신에게도 타인에게도 더 좋은 영향을 주지 않겠는가.

어릴 때부터 키가 잘 안 자라서 병원에 다녔지만 별 이상을 발견하지 못해 그냥 지냈다는 젊은 어머니는 둘째 아이를 가지려고 하던 중에 염색체 이상을 발견하였다. 터너증후군이었다. 성장호르몬을 보험으로 처방받아서 키 성장을 도울 수도 있었던 질병인데 말이다. 하지만 자신의 딸 키 걱정만 할 뿐, 후회도 원망도 하지 않았다. 화를 내면 본인에게 좋지 않을 뿐 아니라 더 중요한 일을 망치게 된다고 생각했을까.

부러진 톱자루를 덧대어서 뚝딱 고쳐주는 할아버지처럼 환자와 보호자의 아픈 마음을 잘 어루만지고 보듬어서 얼굴을 밝게 해줄 수 있으면 좋겠다. 가끔은 우연히 들러 보았다는 반가운 인연을 다시 만나는 기쁨도 느끼면서.

2부

우리들의 보석

끝날 때까지 끝난 게 아니다

햇볕이 따갑게 내리쬔다. 맑게 갠 하늘은 마음마저 개운하게 한다. 30도를 훌쩍 넘겠다는 예보는 들었지만, 선선한 아침이라 콧노래를 흥얼거리고 있을 때였다. 전화벨이 울려 받아보니 친척 동생의 느릿한 목소리였다. 죽다가 살아났다면서 안부 전화를 한다는 것이 아닌가.

몇 달 전, 코로나에 걸렸다며 다급하게 연락해 왔을 때 회복되어 생활 잘하고 있는 이의 이야기를 전해주었더니 안심하는 눈치였다. 어느 날 갑자기 머리가 깨질 듯 아프고 구토가 생겼더라나. 2022년 타계한 배우 강수연과 같은 병은 아닐까 싶어 더럭 겁이 났다고 했다. 가만히 있으면 가슴이 조여오는 것 같고 음식은 먹기만 하면 토하여서 식사를 통 못하니 사람이 축 늘어져서 눕게 되었다고. 으슬으슬 춥고 벌벌

떨리면서 온몸이 쑤셔대기 시작하자 할 수 없이 병원 응급실에 갔었다고 한다. 코로나를 앓았지만, 재감염이라도 된 것인가 싶어 코를 다시 찔렀다. 음성으로 나오자 병실로 올라가 누워서 2주나 치료하였다니.

급성 간염 증세가 너무 심하였다. 간 기능 수치가 4,000이 넘어섰다고 하니 꼼짝없이 자리에 누워 절대 안정, 링거액과 함께 갖가지 약물을 투입하면서 치료한 지 2주가 지나서야 겨우 호전이 되었다고 한다. 코로나19 후유증으로 자신과 같은 증세로 입원한 이들이 많았다고, 코로나19를 만만하게 보면 절대로 안 된다는 사실도 깨달았다는 것이다.

코로나19가 처음 발생하였을 당시에는 100명을 넘어섰다고 공포에 사로잡혔는데 1만 명을 넘어서자 크게 신경 쓰지 않는 분위기다. 방역도 느슨해져서 코로나 비슷한 증세가 있어도 일상생활을 이어가는 이들도 많은 것 같다. 하지만 코로나를 앓고 나서 몇 달이나 지나 급성 간염 증세로 다시 입원하는 이도 드물지 않고, 살짝 감기 증세로만 앓았던 코로나 환자도 기침이 지속해서 나와 대인관계에서 말을 주고받지 못할 때가 있다고 한다. 말만 하면 기침이 나와서 상대가 꺼리는 듯하다고 호소하는 이도 늘고 있다. 코로나가 수그러들고 있다고는 하지만, 언제 어느 때 119에 실려서 응급실에 가게 되는 처지가 될 수도 있다.

4년 넘게 이어지는 코로나에 걸리지 않았다고 자랑하던 지인도 며칠 전에 코로나19에 확진되었다. 잘 나오지도 않는 목소리로 말하려니 너무 힘들다면서 우울해했다. 목 통증은 그냥 통증이 아니라 날카로운 칼에 베인 듯 따갑고 신경이 마비된 것처럼 음식을 삼킬 수 없다고 한다. 1주일 새 몸무게가 5kg이나 빠져서 몰골이 말이 아니라며 화상통화는 극구 사양한다.

천당 문턱에서 돌아왔다던 4,000짜리 간 기능(ALT) 수치의 주인공은 이제 100으로 나와 너무 기쁘다면서 떨리는 목소리로 전화했다. 그의 거칠어진 음성을 들으며 정상 수치를 떠올린다. ALT 정상은 40이다. 아직도 거의 2배 이상 올라 있는 것이니 조심조심 살얼음판을 건너듯이 자기의 건강을 잘 챙겨서 이 시기를 슬기롭게 견뎌야 하리라.

문득, 뉴욕 양키스의 전설적인 포수 요기 베라가 한 말이 생각난다. "끝날 때까지 끝난 게 아니다." 그는 1925년 세인트루이스에서 태어났다. 베라의 본명은 로렌스 피터 베라다. 그가 자주 가부좌를 트는 모습을 본 친구가 요가 동작 같다며 '요기'라는 별명을 붙였다고 한다. 화려한 선수 시절을 보낸 베라가 "끝날 때까지 끝난 게 아니다."라고 한 때는 뉴욕 메츠의 감독이던 1973년이다.

당시 메츠가 지구 최하위로 처지자 한 기자가 베라에게 "시즌이 끝난 것인가?"라고 물었다. 그러자 베라는 "끝날 때까지 끝난 게 아니다."라고 했고, 결국 메츠는 그해 지구 우승을 차지해 월드시리즈에 진출했다. 베라는 이 밖에도 "야구 경기의 90%는 정신에 달려 있다.", "기록은 깨질 때까지만 존재한다." "똑같이 할 수 없다면 따라 하지도 마라.", "보는 것만으로도 많은 것을 관찰할 수 있다." 등 숱한 명언을 남겼다. 이 말들은 분야를 떠나 끝까지 포기하지 않는 사람들에 대한 헌사이다. 현재 이 순간은 비록 잘 풀리지 않더라도 언젠가는 기회가 다시 찾아올 것이라고 믿는 인생에 대한 응원이기도 하다.

코로나19도 언젠가 다시 고개를 들고 우리를 공격할 기회를 호시탐탐 노리고 있는지 모른다. 한번 걸린 사람에게 치명적인 후유증을 남기려 무진 애를 쓰고 있는지도 알 수 없다. 코로나19도, 야구도, 인생도, 사랑도 요기 베라의 명언처럼 "끝날 때까지 끝난 게 아니다(It ain't over till it's over)".

생고기 어떠세요?

본격적인 휴가철이다. 차들이 시외로 빠져나가다 보니 브레이크에 발을 올리지 않아도 될 정도로 거리가 한산하다. 오늘따라 초록 신호등이 계속 손짓한다. 앞만 보고 그냥 내달려도 될 정도로 쌩쌩이다. 주말을 앞두고 긴 하루를 마무리하는 저녁 무렵, 휴가 떠난 직원을 대신해서 아르바이트하고 있던 어린 친구가 메모를 건넨다. 신기한 일만 취재하여 방송하는 매체에서 전화가 왔다는 것이다.

사연을 알고 보니 세상에 이런 일이 있구나. 오로지 생고기만 먹는 아이가 있는데 혹시 아이의 몸에 병은 없는지, 성장에 문제가 되지는 않을지, 예상되는 결과는 어떤 것이 있는지 살펴봐 달라는 것이었다. 잠시 망설임과 함께 호기심이 강하게 발동하였다. 익히지 않은 날고기를, 그것도 어른도 부담

될 것 같은 간, 천엽, 등골, 오드래기, 뭉티기라니! 밥은 입에 도 안 대고 나물이며 반찬도 안 먹고 오직 생고기만 고집한다는 아이였다. 건강 상태는 어떨까 몹시 궁금하였다.

다음 날 새벽같이 만나기로 약속을 잡았다. 태권도복을 차려입은 아이는 깡마른 체구에 나이보다 두 해는 어려 보이는 초등학생이었다. 진찰, 혈액 검사, 소변 검사, 대변 검사, 엑스선 사진, 초음파 사진을 찍었다. 가장 걱정되는 부분은 기생충 감염에 영양 불균형이다. 결과는 과연?

가능성을 떠올리고 있는데, "저 기억하시겠어요? 00이에요."라는 카톡이 날아들었다. 어릴 적에 설사로 입원하였던 아이다. 보호자는 기저귀에 움직이는 큰 덩어리가 나왔다며 겁에 질려있었다. 커다란 성충이 여러 마리 서로 뒤얽혀 야구공처럼 꿈틀거렸다. 식구 모두에게 구충제를 처방해 주고 나서야 증상이 좋아졌던 가족이니 어찌 잊을 수 있겠는가.

옛날에는 채소를 기를 때 인분을 퇴비로 사용하는 경우가 있어 기생충 감염이 많았다. 학교 숙제로 변을 담은 봉투를 챙겨갔던 기억도 난다. 변 봉투에 채워오지 못한 반 친구들이, 가져온 아이의 그것을 조금씩 얻어서 내다 보면 한 반의 절반 이상이 구충제를 먹기도 했다. 지금은 화학비료로 인해서 기생충 감염률이 확 줄어들었다. 필수적으로 챙겨 먹던 구충제의 필요성도 감소했다. 건강한 사람은 감염으로도 거의 자각증상이 없다. 하지만 기생충 감염에 주의해야 할 사람들이 있다. 면역력이 약한 환자나 영양이 부족해 허약한 사람, 특히 유기농식품이나 날생선, 날고기를 자주 먹는 이들이다. 익힌 고기보다는 육회, 생선회를 즐겨서 먹는 이나, 동남아 등으로 해외여행을 자주 가는 이들이라면 유의해야 한다.

지난해 태국서 날고기를 즐겨 먹던 60대 남성의 뱃속에서 18m 길이의 기생충이 나온 일이 있다. 이는 '무구조충(Taenia saginata)'으로, 쇠고기를 날로 먹거나 덜 익혀 먹으면 감염되는 경우가 많아 '쇠고기 조충'이라고 불린다. 이 남성은 월 1~2회 쇠고기를 날로 먹었던 것으로 전해졌다.

몇 달 전엔, 두 달째 날고기와 날생선을 먹는다는 10년 채식 남성의 반전 식단이 인스타그램에서 화제가 된 적이 있다. 날고기를 꾸준히 먹으면서 얼마나 건강하게 버틸 수 있는지 실험에 나선 것이다. 주로 익히지 않은 스테이크용 고기나 생간, 날생선, 닭가슴살 등을 뜯어 먹는 영상이다. 날계란을 삼키거나 가공되지 않은 원유를 마시고 도전 45일째 되는 날에는 익히지 않은 베이컨을 먹기도 했다. 그는 날고기의 장점에 대해 "식사 비용이 줄었고 소화가 빠르다."며 "대장균 등 박테리아에 감염될 때까지 이 식단을 유지할 것이다."라고 했다.

날고기를 먹으면 식중독을 일으키는 살모넬라균, 대장균, 리스테리아균, 캄필로박터균 등에 감염될 수 있다. 고기나 생선, 달걀은 충분히 익혀 먹는 것이 답이다. 날고기를 함부로 먹으면 복통에 설사, 인수공통감염병인 E형 간염에 걸릴 수도 있다. 특히 여름엔 물을 끓여 마셔야 한다. 화장실을 다녀온 뒤에 손을 씻지 않고 눈과 코, 입을 만지지 않는 것이 좋다. 우리나라도 최근 10년간 600명의 E형 간염 환자가 발생하였고 연간 환자 수도 증가 추세에 있다.

기생충에 감염되면 소화불량, 설사, 복통, 구토 등이 생긴다. 성충이 위나 장을 뚫고 들어가면 고열도 난다. 10세 이하의 아이들은 요충에 감염되기가 쉬운데, 요충은 전염성이 강해서 가족이 모두 구충제를 먹어야 한다. 요충은 성충이 죽을 때 항문 주위에 알을 까놓고 죽는다. 부화한 기생충까지 모두 죽이려면 구충제를 일주일 간격으로 두 번 복용하는 것을 추천한다. 휴가철에 여행 떠날 때 특히 위험지역이라면 코로나19 감염뿐 아니라 기생충에 대한 준비도 조금은 하시길.

방송의 힘이 컸던가. 가끔 그때 나온 아이가 어떻게 되었는지 묻는 이들도 있으니.

코로나 시대의 COPQ

파란 하늘 아래 화살나무가 곱게 물들어간다. 대롱대롱 매달린 은행알들도 노란색으로 영글었다. '나뭇잎이 떨어져 주워 보니 세월이더라' 라고 한 지인이 보낸 문자에서 노루 꼬리만큼 짧다는 시월을 음미한다.

한창 자라나는 아이들이 코로나 때문에 '확찐자' 가 되었다며 울상이다. 코로나 영향으로 갑자기 살이 불어났다면 믿지 않을 것 같아 자신의 옛날 사진을 찾아왔다며 보여주는 이도 있다. 뻥튀기 기계에 들어갔다가 나왔나 싶게 얼굴이 달덩이다. 코로나19로 집에서 머무르는 시간이 길어지면서 신체 활동량은 감소한 반면 칼로리 섭취는 늘어나다 보니 생겨난 부작용이다.

날마다 몸무게가 불어 이제는 숨도 가쁠 지경이라는 한

초등학생은 코로나라는 놈 때문이라며 억울해한다. 태어날 때 몸무게가 너무 가벼워 아이가 먹기만 하면 그 식사량에 감탄하고 먹이는 데 더 열을 올렸다는 아이의 부모는, 이젠 먹기 전에도 볼록하게 나온 배를 본다면서 한숨을 쉰다. 살과 함께 한때는 키도 쑥쑥 자라는 듯해 좋아했는데, 어느 날 가슴이 아프다는 아이를 살펴보다가 가슴 멍울이 생긴 듯해 달려왔다고 했다. '우리 아이가 성조숙증? 초경이라도 시작하면 어쩌지?' 하는 걱정으로 밤새 잠을 못 이루었다며 고민을 늘어놓는다.

천고마비의 계절, 성조숙증에 대한 문의가 많다. 자료를 보면 2014년부터 2018년까지 5년간 성조숙증으로 병원을 찾는 아동이 43%나 늘었다. 소아 청소년과학회의 자료에는 코로나19 이후 초등학생 과체중 비율이 24.5%에서 27.7%로 증가했다. 여아의 사춘기는 10세경 유방이 발달하면서, 남아는 12세경 고환이 커지면서 시작한다. 성조숙증은 여아 만 8세 이전, 남아 만 9세 이전에 2차 성징이 나타나는 것을 말한다. 남아 성조숙증 환아의 50% 이상은 뇌종양이나 선천성 뇌 기형, 수두증, 뇌염, 갑상샘 저하증, 성호르몬이나 스테로이드 함유 약물 등으로 발생한다. 여아는 특정한 원인 질환 없이 발생하는 특발성 성조숙증이 80~95%를 차지한다.

최근 사춘기 시작 연령이 빨라진 원인으로는 식습관의 서구화로 인한 소아비만 증가, 환경오염으로 인한 환경호르몬 노출 등이 꼽힌다. 비만은 성조숙증과 가장 밀접한 관련이 있는 것으로 알려졌다. 체중이 늘수록, 체지방이 늘어날수록 사춘기와 초경은 빨리 나타난다. 부모의 사춘기가 빨랐거나 엄마의 초경이 이른 나이에 시작했다면 자녀의 사춘기도 빨라질 가능성이 있다. 요즈음엔 자녀가 하나 아니면 둘인 경우가 많다. 자녀 성장에 대해 유난히 관심이 높다. 키도 경쟁력이라 하는 이들까지 생기다 보니 자녀 성장에 이상한 징후가 보이면 바로 의료기관을 찾는 빈도가 늘어나 많이 발견된 것도 성조숙증 증가의 한 요인이다.

반면 여자아이의 가슴 멍울이나 남자아이의 수염, 목소리 변화까지 사춘기 증세가 확연함에도 '내 아이는 괜찮겠지' 하고 믿고 있다가 때를 놓쳐버리는 경우도 종종 생겨난다. 성조숙증을 치료하지 않으면, 아이는 성인이 된 후엔 평균보다 키가 작게 될 수 있다. 어릴 때는 또래보다 빨리 자라는 듯하지만, 성호르몬이 과다하게 분비되어 뼈 성장에 꼭 필요한 성장판을 일찍 닫히게 만들어버릴 수 있기 때문이다. 결과적으로 최종 키는 부모의 유전적인 목표 예상키보다 훨씬 작아진다. 엄마 아빠의 키 모두 평균 이상인데도 자녀의 키는 아주 작아질 수 있다는 이야기다.

성조숙증은 여아에서 10~12배 더 많이 발견된다. 여아는 유방 멍울이 생기면 직접 증상을 호소하는 경향이 있기 때문이다. 하지만 남아는 고환이 커지는 증상으로 사춘기 증상이 처음 발현되는데, 이는 전문가의 자세한 검진 없이는 확인하기 어렵다. 그러니 성장기에는 3~6개월에 한 번이라도 아이의 키와 체중을 재고 정기적으로 신체 검진을 해보는 것이 성조숙증으로 인해 평생 마음의 짐을 남기지 않는 비결이다. 성조숙증 발견이 늦을수록 치료 효과는 떨어진다. 그에 반해 조기 발견하여 치료하면 여러 가지 손실이 그만큼 줄어들 가능성이 높다. 방치하다가 자칫하면 아이의 키가 작게 될 뿐 아니라 마음마저 다칠 수 있으니 유념할 일이다.

COPQ(Cost of Poor Quality)는 수준 이하의 질로 인해 발생하는 의료 질 실패비용이다. 실수, 태만, 헛된 노력, 부적합한 체계, 미숙함 등을 해결하면 30% 비용을 줄일 수 있다. 흉부 X-ray 촬영 시 "숨 참으시고~!" 하지 않아 영상이 잘못 나오면 재촬영해야 한다. 불필요한 비용이다.

코로나 시대, 삶의 질에 조금 더 집중하면 좋지 않으랴. 의심되면 바로 검사하고, 최선을 다하고, 그때그때 확인해 보는 것이 COPQ를 막는 지름길이리라.

잊지 말아야 할 것들

겨울의 문턱에 들어섰다. 큰 슬픔 속에서도 어김없이 계절은 바뀌어 입동이 되었다. 슬프고 우울한 마음을 무엇으로 달랠 수 있겠는가. 떠난 이들이 우리에게 남기고 간 잊지 말아야 할 것들을 꼭 새기며 안부라도 묻고 싶은 아침이다.

울긋불긋하던 단풍이 자취를 남기고 있다. 세월이 지나가면 이 큰 슬픔도 잊게 되려나. 무섭고 험한 말들이 떠돌고 있는 상황에서도 누군가는 정신을 차리고 바른말, 좋은 말을 하려고 노력하는 것 같다. 그런 이들을 대할 때면 답답했던 속이 조금은 후련해진다.

월요일을 휴무일로 정했더니 정신없이 한 주를 시작하지 않아도 되어서 미뤄둔 일을 처리하기에 딱 좋다. 진료실에 앉아 있어도 좋고 먼 산을 바라보며 계절이 익어가는 것을 감상

해도 그만이다. 더러는 예고 없이 불쑥 찾아오는 이들과 마주 앉아 시간에 구애받지 않고 이야기를 나눌 수 있어서 참 편안하기도 하다. 진료는 하지 않지만, 이런저런 묵혀둔 이야기도 되새기고 상담도 충분히 할 수 있어서 서로 만족한다.

며칠 전엔 할머니 한 분이 손녀 손을 잡고 들어오셨다. 반갑게 알은체하시는 그분의 얼굴에서는 잔잔한 웃음이 묻어났다. 30년도 더 지난 오래된 기억을 되살리신다. 온몸이 붓고 오줌이 잘 나오지 않는 중학생 딸아이를 데리고 찾아오셨다고 했다. 이곳저곳 다녀도 대수롭지 않게 얘기를 하면서 괜찮아질 거라고 하였는데 아무리 지나도 좋아지지 않아 걱정이었다는 것이다. 그때 젊은 의사인 나를 만났는데, 입원시켜 검사하더니 '신증후군' 이라는 진단을 내리더라고 하신다. 그러고는 큰 병원으로 소견서를 써서 보내주었다고.

그곳에서 오랫동안 치료를 받았고 차차 상태가 좋아졌다고 하셨다. 그런대로 괜찮아져서 결혼도 하고 아이도 낳고 할 수 있었다면서 '덕분' 이라는 말씀을 여러 번 되뇐다. 치료는 필요하였지만 그래도 일상생활을 할 수 있어서 얼마나 고마운지 모르겠다, 늘 마음에 두고 있었다고 하면서 손을 잡고는 한참을 흔드셨다. 오히려 감사해야 할 사람은 바로 여기에 있는데. 오래 기억해 주셔서 감사하고 또 잘 나아서 평범한 하루를 살아갈 수 있는 것이 고맙기만 하다. 어쨌든 좋은 인연이 이어질 수 있었음은 참 다행이지 않은가.

말씀을 더듬어보니 의료원에 근무하기 시작한 초창기 시절에 만났던 분이었나 보다. 어려웠던 그때가 생각나는지 감회에 젖어 울컥하신다. 힘들고 고생스러웠지만, 포기하지 않았기에 그분의 딸도 잘 살아가고 또 자신도 내 집을 마련하셨다고 했다. 지금은 어느 정도 안락한 생활을 하기에 이르렀다면서 연신 고마워하신다. 그다지 보탬이 되어드린 것이 없는데도 이런 일도 감사하고 저런 일로도 고마워하시는 분, 그분이야말로 감사하는 마음을 늘 갖고 계시니 하는 일마다 잘 풀렸던 것은 아닐까.

신증후군으로 진단해 타 병원으로 이송하여 더 나은 치료를 받도록 해드린 것을 잊지 않고 늘 마음에 간직하고 있었고, 지금은 마흔 중반의 나이가 된 딸과도 나를 찾아보자고 이야기하셨다니. 그 마음이 너무 소중하게 다가와서 우리 다시 한번 꼭 만나 옛날이야기 실컷 되새기며 마음껏 풀어보자고 하였다. 기억에도 가물가물한 그때 일을 떠올리면서 몇 번이나 잊지 못하고 있다고 이야기하시는, 곱게 연세 들어가는 할머니와 딸, 그 모녀를 떠올리면 언제 어느 때, 어떤 말로 타인의 가슴에 나의 말과 행동이 남아있을지 두려운 마음마저 든다. 때로는 거칠고 직설적인 말들 속에서 소화불량에 시달린 적도 많지 않았던가. 그것을 잊어버리려고 가시처럼 박힌 말들을 곱씹곤 하는데 말이다.

언젠가 사춘기가 조금 일찍 시작된 것 같다며 아이를 데리고 온 젊은 여인이 되새긴 내 말의 흔적에 흠칫한 적이 있다. 아이가 세 살 무렵, 진찰하면서 이 아이는 가슴 발달이 빠를 것 같으니 사춘기 증상이 있으면 빨리 검사를 받아보라는 이야기를 들었다고 했다. 그 어머니는 노심초사 가슴을 만져보곤 하였으리라. 그러던 어느 날 가슴에 단단한 멍울이 만져지기에 부리나케 찾아왔다고 하였다. 어느 순간 뱉은 말이 씨가 되어 싹트고 커다란 나무처럼 자라난 것은 아닐까. 잊지 말아야 할 것들, 너그러이 받아들이고 간직하는 이들은 진정 사랑이 가득한 사람이지 싶다. 어떤 말이라도 잘 담아두면서도 행복한 마음을 가질 수 있다면 그는 바로 복바가지를 들고 다니며 행복을 퍼 올리는 사람이지 않으랴.

오늘은 또 어떤 말을 남의 가슴에 남기며 살아갈까? 잊지 말아야 할 것은 날마다 조금씩이라도 긍정과 희망의 말, 복된 말을 하면서 살아야 한다는 것 아니겠는가.

MSG를 넣으면

눈이 부시게 화창한 날이다. 어디론가 훌쩍 나들이를 떠나고 싶어 마음이 설렌다. 모처럼 함께 식사한 지인이 얼굴에 뾰루지가 났다며 전화를 해왔다. 맛나게 먹었던 음식 속에 글루탐산 모노나트륨, 곧 MSG가 들어 있었던 것이 아닌가 하였다. 소화가 잘되지 않아 불편하다며 그는 자신이 MSG 증후군 환자인가 물었다.

MSG는 소고기, 닭고기, 생선, 사탕수수, 다시마, 조개류 등에도 포함되어 있다. 이처럼 자연식재료에도 존재한다. 아미노산인 글루탐산에 나트륨이 결합한 것이다. MSG는 사탕수수의 원당, 당밀을 미생물로 발효시켜 얻은 88%의 글루탐산과 12%의 나트륨으로 이루어져 있는 발효 조미료다.

한때 '화학조미료 이제 그만' 이라는 광고문구가 유행하였다. 마트에 나가보면 라면이나 김, 과자 등에 MSG 무첨가를 내세운 제품들을 많이 만난다. MSG가 신경계에 영향을 미치고 비만과 당뇨를 유발하며 두통이나 복통 · 두근거림 등을 일으킨다는 주장도 있다. 하지만, 뒷받침할 의학적 근거는 발견되지 않았다.

MSG는 보통 L-글루탐산나트륨으로 불린다. 단백질을 구성하는 단위가 아미노산이다. 아미노산은 총 20종류가 있는데 그중 하나가 바로 글루탐산나트륨이다. 살아 있는 생명체는 모두 이 글루탐산을 가지고 있고 다시마에도 많이 함유되어 있다. 다시마 국물을 요리할 때 넣으면 감칠맛이 나는 것은 다시마에 MSG가 풍부하기 때문이다. 다시마뿐 아니라 고기, 생선 등의 단백질, 양파와 토마토에도 전부 들어 있고, 심지어 모유에도 MSG가 함유되어 있다. 그런가 하면 고혈압 환자의 식단에는 MSG를 사용하는 것이 오히려 유익하다는 주장도 나온다. MSG의 나트륨 양은 소금의 3분의 1수준이어서 MSG로 먼저 간을 맞추고 소금을 추가하면 소금 사용을 효과적으로 줄일 수 있다. 찌개와 전골에 MSG를 넣으면 소금을 적게 넣어도 감칠맛이 돈다.

1960년대 말 미국에서 다량의 MSG를 섭취하면 두통, 근육 경련, 메스꺼움 등의 증상이 나타난다고 주장하는 사람들이 생겨났다. 하지만 이후의 연구에서 MSG와 이런 증상은 연관성이 없다고 증명되었다. 건강한 사람의 경우에는 적당한 양을 먹어도 큰 문제가 되지 않는다는 것이 지금까지 2천여 편의 학술 논문을 통해서 확인된 사실이다. 거의 모든 나라의 식품규제기관들은 이런 근거를 들어 안심하고 먹어도 된다고 밝히고 있다.

실제로 글루탐산은 몸 안에서 신경전달물질로 작용한다. MSG가 신경계에 미친다는 주장도 있지만, 우리 몸에서 뇌로 전달되는 MSG 농도를 일정 수준 이하로 조절하기에 문제가 생기지 않는다. 실제 조미료 속 MSG는 사탕수수를 인공 발효시켜 만든 것이라 자연에 있는 글루탐산을 추출해 만드는 것일 뿐이다. MSG는 글루탐산에다가 나트륨을 염으로 중화시킨 것으로, 고체화해서 분말로 팔기 쉽게 하고 저장하기 간편하게 만든 형태로 물에 녹으면 똑같아진다.

MSG는 많이 섭취해도 몸에 축적되지 않고 에너지로 쓰여 사라져 버린다. 식품의약품안전처에서는 MSG 안전성에 문제가 없다고 발표했고, 이후 MSG의 정식 표기를 '화학적 합성품'에서 '향미증진제'로 바꾸었다. 우리나라 식약처나 세계보건기구는 MSG의 하루 섭취 제한치를 정하지 않고 있어 그만큼 안전한 물질이라는 설명에다가 MSG의 무해성을 인정한 것이다.

MSG를 넣어서 조리하면 총 나트륨 섭취량을 줄이는 효과도 있다. 한쪽은 국 1리터에 소금 8g을 넣고, 다른 쪽은 국 1리터에 소금 5.5g, MSG 0.5g 넣고 끓여 맛을 보는 실험에서 시험자들은 맛에 별 차이를 느끼지 못했다. 반면에 염분 농도는 차이가 컸다. 소금으로만 간을 하였던 국에서는 염분이 30% 높게 나왔으니, 다량의 소금은 고혈압과 심혈관 질환의 주요 원인이 된다. MSG가 이 소금을 대체하는 효과를 거둘 수 있다는 이야기다.

〈진또배기〉라는 노래로 유명한 한 가수는 MSG를 가득 담은 도시락을 만들어 귀한 분께 선물하였다. 파와 마늘 기름으로 맛을 내고 노랫소리를 첨가하며 소고기까지 넣어서 소고기 고명 '꾸미'를 만들더니 유부초밥 위에 올렸다. 게다가 묵은김치를 잘 씻어 펼치고 그 위 깻잎을 깔고 치즈와 햄을 차례로 놓고 밥을 얹어 돌돌 말아 '묵은지 말이 쌈밥'을 만들었다. M(마음) S(사랑) G(정성)를 가득 넣었다. 이렇게 만든 MSG가 담뿍 들어간 음식, 어찌 맛나지 않을 수 있으랴.

나는 내가 만드는 것이지 않던가. 몸도, 마음도, 건강도 마음먹기에 따라 무엇을 넣든 소중하게 느껴질 수도 있을 터이니.

우리 삶은

꽃들이 봄바람에 하늘거린다. 마음이 설렌다. 오늘 하루도 행복한 기운으로 기분 좋게 시작하라고 격려하는 것 같다.

컴퓨터를 켠 뒤 환자를 살펴보려는데 카톡이 울린다. 언제나 가슴 뭉클한 사연으로 잔잔한 감동을 주고자 노력하는 지인이 스크랩해서 보낸 신문 기사였다.

"파킨슨병에 걸렸어도 낙관주의가 가능합니다. 이상하게 들릴 수 있지만 전 매혹적인 삶을 살고 있어요." 영화 〈백 투 더 퓨처〉 시리즈 주인공으로 유명했던, 환갑이 넘은 배우 마이클 J. 폭스의 이야기였다. 그가 삼십 년 넘게 앓고 있는 파킨슨병 투병 경험 인터뷰 기사였다. 그가 얼마 전 미국의 한 방송에 자신의 근황을 털어놓았던 모양이다. "파킨슨병에 걸린 것은 정말 짜증 나는 일이지만, 내 안의 무언가를 계속 앗아가는 선물입니다."

기사에서는 자신의 인생이 그리 나쁘지 않았다고 말했다고 전한다. 폭스는 자신의 삶을 다룬 다큐멘터리 〈스틸still〉에 출연했다. 그는 병에 걸렸어도 결코 가만히 있을 수 없다(still). 여전히 여기(연기)에, 여전히 열정은 뜨겁다고 강조했다.

그는 파킨슨병 연구를 위해 자신이 2000년 설립한 '마이클 J. 폭스 재단'이 최근 파킨슨병 발병 가능성을 예측하고 진단할 수 있는 생체지표를 발견했다고 소개하였다. 그러면서 이 성과는 모든 것을 변화시킨다며 5년 내에 우리는 파킨슨병 치료법도 알 수 있다고 하였다.

최근 척추 종양 수술을 받은 뒤 근육 경직, 경련 같은 파킨슨병 증상이 악화했다고 한 그는 "아마 나는 80세까지 살지 못할 수도 있다."라고 농담 섞인 푸념을 했다고 한다. 1991년 파킨슨병 진단을 받은 뒤에도 영화 〈프라이트너〉에서 주연을 맡기도 하였다. 하지만 1990년대 중반 이후 병세가 악화하자 애니메이션 성우를 맡기도 하다가, TV 드라마에 집중해 개성 있는 조연 등으로 최근까지 출연했다고 전해진다.

전설의 권투선수 무하마드 알리, 교황 요한 바오로 2세, 중국의 위대한 지도자 덩샤오핑 등도 앓았다고 전해지는 파킨슨병은 몸동작이 점차 느려지고 자세가 구부정하여 부자연스럽고 침을 흘리며 손이나 얼굴이 떨리고 근육이 강직되는 증상을 보이는 퇴행성 뇌 질환이다. 마이클 J. 폭스는 '그래도 삶은 여전히 매혹적' 이라고 한다는 이야기를 읽고는 가슴이 짠해졌다.

창을 열고 맑은 아침 공기를 흠씬 들이켠다. 말발도리의 하얀 꽃향기를 맡으며 맑게 갠 하늘을 올려다본다. 티 없이 푸르다. 곧 몸이 아픈 이들이 걱정스러운 얼굴로 찾아오리라.

오늘도 어김없이 건강 십계명을 들려주어야지.

첫째, 금연하기. 엄마 아빠 할아버지 할머니, 흡연은 생명을 단축하니 당장 뚝!

둘째, 절주! 술 권유는 그만하기. 한 잔 술에 붉어지는 분들, 절대 No!

셋째, 균형 잡힌 식사하기. 좋은 식습관으로 100세 시대 건강하게! 탄수화물:단백질:지방은 55:20:25로. 탄산음료, 가당 음료는 줄이기. 칼로리는 적당하게, 건강한 식생활로.

넷째, 적절한 신체 운동하기. 1일 1운동, 내 몸의 감동. 일상 속 가벼운 운동의 생활화를 실천하려면 2시간에 1번씩 일어나 움직여보기. 주간 기본운동수칙은 150분 이상 빠르게 걷고, 2회 이상 근력운동.

다섯째, 규칙적 수면 취하기. 잘 잠, 꿀잠, 푹 잠, 규칙적 수면으로 건강생활! 기상 시간 지키고, 30분 미만 낮잠 자기. 지금 당신에게 필요한 건 '충분한 시간의 수면'. 낮에 하는 규칙적 운동은 강추! 카페인, 술, 담배는 비추!

여섯째, 긍정적 사고방식 갖기. 작은 일에 감사하며 좋아하는 사람들과 행복하게! 작은 일에도 감사한 마음 갖기. 남과 비교하지 않기. 스스로 행복하기. 행복은 원만한 관계로부터! 공감+소통+배려!

일곱째, 정기적 건강검진과 예방접종 챙기기. 건강도 습관. 건강검진, 예방접종 건강할 때 챙기기! 생애 주기별 '국가 건강검진'은 건강 생활 실천 도우미. 건강검진 결과를 꼼꼼하게 확인하여 건강한 생활 습관을 실천하기. 꼬박꼬박 예방접종, 내 몸 튼튼 이웃 튼튼.

여덟째, 스트레스 관리하기. 스트레스, 피할 수 없다면 길들이기. 긍정의 힘으로 스트레스에서 벗어나기. 나만의 스트레스 대처법 찾기. 내 생활의 활력, 주 1회 이상 여가 활동하기.

아홉째, 신종감염병 잘 대처하여 건강한 100세로 잘 살아가기.

그리고 열째, 모바일 기기와 거리 두기. 스마트 기기는 스마트하게 사용하기

대한민국 의사로서 의사협회 대국민 건강선언문을 날마다 읽어 준다.

언제 어디서 어떤 일이 일어나더라도 생각대로 일이 잘 풀릴 것으로 생각하며 늘 긍정의 자세를 갖다 보면, 우리 삶은 언제나 매혹적이지 않으랴.

잘한다, 잘한다, 자란다

파란 하늘이 드높다. 코스모스가 하늘거리는 길을 달리는데 지인이 기분 좋은 소식을 전한다, 행운이 찾아올 것이라고. 복권이라도 한 장 사보는 것이 어떠냐는 농담까지 섞어 웃음 이모티콘을 날렸다. 버려진 화분을 데려와 물을 주고 빛을 쬐며 정성을 들였더니 십 년이 되는 올해 드디어 행운목꽃이 피기 시작하더라는 것이다. 그러면서 사진까지 찍어 올렸다. 라일락꽃 향기와 비슷한 향이 코를 찌를 정도로 강렬하다더니, 수수처럼 맺히는 장면부터 불꽃처럼 터져서 벌어지는 장면까지 변화 있을 때마다 실시간으로 보내온다. 덕분에 행운목에 대한 지식이 늘었다.

원산지는 아프리카로 '키다리 식물(Cornstalk)' 이라고 불린다. 성장은 매우 느린 편으로 15m까지 클 수 있다. 오랜 시간이 지나면 꽃이 피며 처음엔 분홍색을 띠다 점차 하얀색으로 변한다. 행운목의 꽃말은 '약속을 실행하다', 곧추선 줄기 하나에 옥수수처럼 생긴 잎들이 자라고 꽃들이 여러 덩이로 무리 지어 피는 공기정화식물이다. 때가 되면 움트고 어떠한 환경에서도 잘 자라나 꽃 피우는 행운목을 보면서 내 진료실을 찾아오는 이들을 생각한다. 모든 꽃에 때가 있듯이 제때 자라서 각자의 꽃들을 잘 피워낼 수 있다면 얼마나 좋으랴.

키 작으면 도태된다고 생각하는 이들이 있는 것 같다. 키 작은 엄마의 키를 넘어설 수 있도록, 아빠보다는 더 클 수 있도록 하고 싶다며 매달린다. 몇 cm라도 더 키울 수만 있다면 어떤 일이라도 하겠다고 애원한다. 무슨 연유로 그리 다급해진 걸까?

초등생을 둔 한 지인이 항암 치료를 받았다. 병원에서 돌아와 보니 하나뿐인 아이가 짜증이 너무 늘어 말도 못 붙일 지경이 되었다면서 찾아왔다. 학교도 쉬고 아빠 손에 끌려 온 아이를 진찰해 보니 사춘기 단계가 머리로 가고 있었다. 변성기가 왔고 성호르몬도 분출되고 있었다. 또래보다 키는 작은데 몸은 이미 성숙해 버렸으니 그사이 얼마나 많은 고민의 밤을 보냈을까. 어린 그가 감정의 파도를 어찌 이겨낼 수 있었겠는가.

아이 넷을 키우는 친한 후배는 고등학생 아들 이야기를 꺼냈다. 공부하느라 늘 열심인 형이 동생보다 키가 작은데 좀 도와줄 방법이 있느냐고 하소연했다. 진찰해 보니 이미 성장판이 다 닫혀가고 있었다. 딸은 초경이 빨라지면 안 될 것 같아서 때에 맞춰 진료받고 치료를 시작하였다. 한 번도 예약한 날짜와 시간을 어기지 않고 찾아왔다. 그런 아이 아빠였는데 아들에게는 너무 무심하였을까.

남자에게는 성조숙증이란 병이 없을 것이라고 굳게 믿었다고 했다. 급성장기도 거치지 않고 다 자라버려 작은 성인 키에 도달한 우등생 아들에 대한 후회와 자책으로 그는 얼마나 무너져 내리는지 비틀댄다. 공부 잘하는 아이라 늘 학원 수업으로 바빴다며 밤늦게까지 숙제하는 아이를 보면서 대견해했다고, 잠도 안 자고 책상에 붙어 앉아 있는 아이의 뒷모습이 너무 사랑스러웠다고 후회를 쏟아내었다. 언젠가는 크겠지. 크겠지. “잘한다, 잘한다, 자란다.”라며 칭찬만 해주었다. 부쩍 자란 적도 없고 사춘기로 생각할 질풍노도의 시기도 없었으니, 단지 늦게 자라는 아이라고 생각했었다는 그 지인처럼 “늦게까지 클 수 있어요. 멋진 청년으로 자랄 가능성이 있어요.”라고 말할 수 있으면 얼마나 좋으랴.

요즘 아이들의 키에 관한 관심도 커졌다. 키 성장과 성조숙증 검사하러 오는 이들도 부쩍 많아졌다. 키는 제때 검사해 보고 치료 시기를 놓치지 않는 것이 중요하다. 한 번의 키 검사로 안심하면 안 된다. 아이들의 키에 대한 가능성은 자꾸 변하기에 방학이면 한 번씩 점검해 보는 것이 좋다. 성조숙증이 나타나면 키가 덜 자랄 가능성이 크다.

통상 여아는 만 10세에 가슴이 커지기 시작하고 남아는 만 12세에 고환이 커지는 방식으로 사춘기에 접어드는 이차 성징이 시작된다. 이보다 빠른 성조숙증은 여아 만 8세, 남아 만 9세 전 이런 증상이 나타난 경우다. 성조숙증의 경우 사춘기가 빨리 시작되면 처음엔 또래보다 일찍 키가 커서 성장이 빠른 듯하지만, 뼈의 성숙이 빠르게 진행되고 성장판이 빨리 닫히게 되어 정상 사춘기 아이들보다 성인 키는 오히려 작을 수 있다. 성조숙증을조기에 발견해 치료 주사를 맞으면 이차 성징을 늦춰 성인 키가 작아지는 걸 예방할 수 있다.

결혼이나 취업할 때 키가 작아 부당하게 대우받을까 걱정하는 이도 있다. 작은 키에 대한 사회의 시선이 사람을 또 불편하게 만들지 모른다. 그렇더라도 내일에 대한 걱정일랑 잠시 접어두고, 지금은 오롯이 행운목의 향기를 상상하며 행복을 느껴보시길, 우리 아이들 잘 살피고 많이 칭찬해 주며 잘 키워보시길.

살리오~!

더위에다 장마가 온다는 소식이 한창이다. 버들가지 휘늘어진 거리를 차로 달리다 내려다보니 강변에서 삼삼오오 모여 운동하는 이들이 눈에 들어온다. 해가 바뀌면 새로운 계획을 세우며 꿈에 부풀었다. 운동을 매일 조금씩이라도 해야지 계획하였다. 좋아하는 친구에게 운동복도 선물 받았다. 이제 현장에 나가 뛰기만 하면 된다.

"많이 먹어도 살찌지 않고 더욱 건강하세요."가 덕담 중에 제일 마음에 들었다. 운동 계획을 세웠다. 제일 쉬운 것이 걷기 아니던가. 애플워치에 알람을 맞춰두었더니 손목이 부르르 울린다. "이제 일어설 시간이에요." "목표 달성이 다 되어 가요." 벌떡 일어나 발끝으로 걷고 조그만 발판 위에서 발꿈치 들기를 반복한다. 정해진 운동량을 채우려 애쓴다.

코로나 동안 살이 무럭무럭 불어난 '확찐자' 가 정말 많다. 모든 이들의 건강이 염려된다. 한 아이는 2년 반 동안 몸무게가 11킬로 늘었고 키도 부쩍 자라서 병원을 찾았다. 젖가슴 멍울이 잡히고 정수리 냄새도 달라졌다. 짜증이 늘고 수시로 눈물을 보이며 예민하여 상대하기가 어렵다는 하소연이다. 세 살 많은 언니보다 더 성숙해 보였다. 성조숙증이 의심되어 검사가 필요한 상황이다. 정맥을 찾아 가느다랗고 부드러운 주사침을 꽂아두고 막히지 않는 장치를 한 다음 시간 간격을 두고 혈액을 뽑는 성선 자극 검사를 시행하기로 하였다.

혈관을 찾으려고 손을 잡자, 병원이 떠나가도록 소리를 지른다. "사람 살리오~!" "아이고~ 사람을 쥑이네~" "살려주소~!" 괜찮다고, 그리 아프지 않다고 달래고 얼러도 눈을 바라보면서도 고래고래 질러대기를 반복한다. 사람들이 다 듣도록 알리는 목적이라는 것이 아이 어머니의 설명이다. 30분 단위로 막히지 않도록 해둔 장치에서 혈액을 뽑으면 아프지도 않은데, 눈물도 흘리지 않으면서 목청껏 소리만 질러댄다. '사람 살리오~' 가 나오니 대기하던 환자들도 처음엔 겁먹은 표정이다가 아이의 반복되는 멘트를 듣고, 울다가 웃는 표정을 짓는다. 그리고 혈관에서 혈액을 뽑는 일이 다 끝난 아이가 헤헤 경기장을 나서듯 웃는 표정으로 사탕을 입에 물고 주사실 문을 나오니 생중계를 듣던 이들이 그제야 박장대소한다. 귀엽기도 하고 측은하기도 한 얼굴에는 장난기까지 어려 있다.

살집이 있어 손위보다 더 성숙해 보이는 꼬마들, 대개 조부모가 가까이에 계시는 경우가 많다. 젊은 어머니 아버지는 다이어트 시킨다면서 아이에게 밥을 일정량만 먹이면, 할머니 할아버지는 지극 정성으로 챙겨 먹인다. 하얀 쌀밥을 대접에 가득 담아서 몰래몰래 먹였다고 하는 집, 살이 나중에 다 키로 갈 것인데 아이를 비실거리도록 밥을 조금만 주고 잔소리만 잔뜩 한다며 며느리를 못마땅해하는 연로하신 부모님, 살에 대한 인식이 필요한 부분이다.

살은 살일 뿐이다. 키로 가지 않는다. 비만이 아이들의 건강을 위협한다. 일전에 온 초등생은 당뇨 진단을 받았다. 집 안에서 생활하고 운동은 부족하고 먹는 것은 고혈당 고열량인 음식이 늘면서 뱃살은 늘어나고 근육은 줄어들어 고지혈증, 고혈압, 고인슐린혈증이 되어간다. 어떤 이는 살이 너무 안 쪄서 걱정이라고 하지만.

본격적인 살과의 전쟁 시대다. 비만은 명백한 질병이다. 적게 먹고 많이 움직여야 한다. 엘리베이터 대신 계단을 오르고 자가용 대신 대중교통을 이용하고 한 정거장 미리 내려 걷는 시간을 확보해야 한다. "돈을 잃으면 조금 잃는 것이고 명예를 잃으면 많이 잃는 것이며 건강을 잃으면 모든 것을 잃는다." 첫째도 건강, 둘째도 건강, 셋째도 건강이라는 옛 격언도 있지 않던가. 정말로 건강은 인생에서 가장 중요한 자산 중 하나이다. 건강을 유지하려면 규칙적인 운동과 영양소가 풍부한 식사를 유지해야 한다. 물을 많이 마시고 충분한 수면과 스트레스 관리도 중요하다. 우리의 삶에서 가장 중요한 건강, 어찌하든 지키려 노력해야 하지 않으랴.

일전에 인연을 맺은 배드민턴대회가 열려 개회식 축사를 하였다. 연단에 서서 보니 선수들 얼굴에 승리를 위한 각오가 잔뜩 새겨져 있는 듯했다. 반듯한 자세, 자신만만하게 편 가슴이 부러웠다. 좁은 공간에서도 손쉽게 즐기는 운동 종목이라는 배드민턴. 셔틀콕과 라켓만 있으면 되는 쉬운 운동이지만, 동시에 고도의 기술과 체력이 필요한 근대적인 스포츠다. 운동을 통해 육체와 정신을 건강하게 하고 이웃과 친교를 나누고 나아가 지역 간의 화합과 단결을 도모할 수 있다. 어떠한 스포츠를 하든, 건강한 사회가 되기를, "살리오~!"를 외치는 어린 음성을 듣지 않아도 좋은 사회가 되기를 염원한다.

어머나

나풀대는 단발머리의 소녀가 나타났다. 한 번도 짧은 머리를 한 모습을 본 적이 없었기에 놀라 물었다. 그 긴 머리카락 어떻게 했느냐? 머리카락은 절대 자르지 않겠다고 하지 않았느냐? 아이는 웃고만 있고 엄마가 답한다. 학교 입학 기념으로 뭔가 좋은 일, 한번 해보자며 꼬드겼다고. '어머나 운동' 에 참여했단다. '어머나 운동' 은 '어린 암 환자를 위한 머리카락 나눔 운동' 의 약자다. 소아암 환자가 의외로 많다. 일반인들로부터 25cm 이상의 머리카락을 30가닥 이상 기부받아서 어린 암 환자의 심리적 치유를 돕고자 맞춤형 가발을 무상으로 제공하는 것이다.

예전에는 파마, 염색모는 안 되고 길이는 30cm 이상이어야 했다는데 현재는 25cm 정도, 파마나 염색모도 손상이 심하지 않으면 가능하도록 바뀌었다고 한다. 마음은 있어도 까다로운 조건에 망설이던 이들의 참여가 늘 것 같다. 깨끗하고 건강한 머리카락을 나누고자 노력하면서.

머리카락 자라는 속도는 유전이나 개인의 건강 상태에 따라 차이가 있지만, 대개 하루에 0.3mm~0.5mm씩 자란다. 한 달에 1~1.5cm 자란다고 보면 2~3년은 길러야 나눔이 가능하다. 짧은 머리를 선호하는 이가 머리카락을 기른다는 것은 정성을 들여야 한다는 뜻이다. 머리 감는 데도, 말리는 데도 시간과 노력이 많이 든다. 본인에게는 그리 큰 의미 없는 머리카락이라도 정성 들여 기른다면 어떤 아이들에게는 가발이 되어 아픔을 가릴 수 있다. 그리 생각한다면 그것은 큰 의미가 있지 않은가.

긴 머리를 간수하기는 쉽지 않다. 어른들을 뵈면 짧은 머리가 많다. 손질하기 편하기 때문이다. 하지만 머리카락을 나누어 주었던 나의 환자는 내 손을 잡으면서 간절한 눈으로 부탁한다. "선생님도 '어머나~!' 해요. 저도 했는데요. 한번 해 보세요, 기분이 너무 좋아요."

나는 언제나 단발이다. 머리카락이 목을 건드리면 참지 못해서 핀을 꽂아보기도 하고 머리띠를 둘러보기도 하지만 결국은 며칠 지나지 않아 미용실로 향하곤 하였다. 삼빡 자르고 나올 때의 그 가벼워진 느낌은 날아갈 것 같았다. 그러나 어린아이의 간절한 부탁을 어찌 거절하겠는가. 태모부터 귀하게 길렀던 머리카락을 잘라 어머나 운동본부에 보내고 내게 와서 그 기쁨을 전하는 아이가, 흐뭇함을 함께 나누어 보자고 하는데.

그날 이후 머리카락을 길러 어머나 운동본부에 보내기로 했다. 어깨에 치렁대는 머리카락에 갈등한다. 묶어도 보았다가 풀었다가 하루에도 열두 번 머리에 손이 간다. 그냥 잘라 버릴까 싶다가도 그 아이의 동그란 눈을 떠올릴 때면 또 마음을 다잡는다. 딱 2년만 더 참으면 한 아이의 아픈 마음을 달래 줄 수 있게 되는 것을, 그 좋은 기분을 중도에 포기할 수는 없지.

모임이 있어 헐레벌떡 참석하던 날, 머리가 흐트러져 있었던가. 원로 선생님께서 나의 손을 잡고 속삭이신다. "머리, 좀 자르지 그러니~!" 단호히 답했다. "2년만 더 기르고 나서 짧게 할게요. 선배님~!" 어머나 운동본부에 접속하려고 보니 홈페이지가 2024년 1월부터 대한민국사회공헌재단의 일부 페이지로 바뀌었다. 얼른 길러서, 머리를 고무줄로 묶고 잘라서 서류 봉투나 작은 상자에 담아 등기나 택배로 어머나 운동본부에 보내는 날을 기대한다.

'암 치료만으로도 마음이 힘들 어린아이들이 자기의 바뀐 외모로 상처를 조금 덜 받을 수 있도록 가발을 만들 긴 머리를 기부해 주셔서 감사합니다. 전해주신 마음은 어린이들이 건강을 회복하고 행복한 꿈을 이루어가는 데 큰 힘이 될 것입니다.'

기부 증명서를 상상하며 오늘도 머리를 쓰다듬는다. 소아암으로 고통받고 있는 어린이들의 생명을 지키기 위한 따뜻한 기부에 많이 동참해 주기를 기원하면서.

우리들의 보석

매화 향기 가득한 봄날, 아침이다. 향긋한 꽃내음에 기분 좋은 출근길, 부산한 거리를 지나 진료실 앞에 다다르니 커다란 청년이 반갑게 인사한다. 몰라보게 자란 그가 자신을 소개한다. 오래전엔 너무 자라지 않아 수년 동안 치료를 받았다면서. 이제 며칠 지나면 군에 입대한다는 것이 아닌가.

잊고 있었던 청년의 손을 덥석 잡고 흔들었다. 기특하고 대견하여서다. 밤마다 아픔을 참아가며 오랫동안 주사 치료하였고, 힘들지만 꾸준하게 공부도 열심히 하여 꿈에 그리던 대학에 입학하였다고 하지 않는가. 이젠 국방의 의무를 다하러 떠나기 전에 진하게 고마움을 전하려고 짬을 내어 찾아왔다고 말하는 멋쟁이 학생, 키를 물으니, 186이라고 한다. 남자들이 바라는 이상의 숫자라면서 웃는 젊은이. 작았던 그가 이렇게 훌쩍 자랐으니 얼마나 자랑스러웠을까.

새 학년이 시작되는 봄이면 작은 키에 대해 상담하러 오는 부모가 많다. 입학식에 가보니 다른 아이보다 머리 하나는 작아 가슴이 아팠다는 어머니, 자신의 키가 작아서 아들도 작을까 봐 걱정스러워 찾아왔다는 중년의 아빠, 키 작은 손자를 더 키울 수만 있다면 무엇이든 다 해주고 싶다며 빨리 검사해 달라시는 할아버지, 나름의 이유로 성장클리닉을 찾는 이들이 늘어나는 것 같다.

검사를 받는 아이 입장으로는 무엇 때문인지도 모르고 부모의 손에 이끌려 들어와 겁에 질려 울먹이기도 하지만, 때로는 너무도 의젓한 아이의 모습에 놀랄 때가 있다. 주사는 하나도 아프지 않을 것 같았다며 씩씩하게 팔을 내밀던 초등 1학년 아이, 어디서 그런 용기를 얻었느냐고 물으니, 의사에 관한 시리즈로 된 동영상을 몇 번이나 보았다고 하였다.

아이가 먼저 키 크고 싶다고 애원하기에 휴가 내어 찾아왔다는 부부, 인터넷에서 찾아보았다면서 성장호르몬의 효과와 부작용에 대해 무척이나 질문을 많이 하였다. 넘치는 정보의 바다에서 외동으로 태어난 아이들의 건강과 상식이 마구 헤엄치고 있는 듯한 요즘이다.

자라는 아이들은 보석을 대하듯 잘 살피고 어루만지듯

소중히 다루어야 한다. 잘 크고 있는 듯하다가도 사춘기가 일찍 찾아와서 성장이 급속히 진행되면 성장판이 일찍 닫혀버릴 수 있다. 부모로부터 받은 유전키도 다 못 자라고 마무리되어 성인이 되었을 때의 예상키가 턱없이 작은 경우도 있다.

또래 친구보다 지금은 작아도 나중에 크겠지, 때가 되면 쑥쑥 커 올라가겠지, 생각하고 있다가 다 자라버린 것을 알게 되면 그때 심정은 어떻겠는가. 병적으로 작지만 않으면 그냥 받아들이면 되지 생각할 수도 있겠지만, 키가 작아 자존심 상한다면서 학교에 가기 싫다고 방황하고 있다는 아동의 이야기를 들을 때면 안타깝기에 그지없다. 키가 크면 유리한 종목의 선수에게는 그것이 그야말로 그의 장점이자 경쟁력이기도 하지 않겠는가. 그러니 성장기에 꼭 열심히 운동하도록 독려하고, 골고루 균형 잡히게 잘 먹여주고, 충분히 잠을 푹 깊게 재워서 클 수 있을 때 최대한 노력하여 잘 키워주는 것이 무엇보다 중요하다.

미래 계획을 잘 세우는 이는 어떤 고리를 어떻게 이어야 일이 쉽게 풀리는지 안다. 자신이 아는 것과 알지 못하는 것을 아는 것도 중요하다. 자녀에 대해 잘 안다고 생각할 수 있지만, 잘 알지 못하고 조금 부족한 부분도 있을 수 있다. 가끔 전문가를 찾아서 아이가 잘 자라고 있는지, 부족한 것은 없는

지, 무엇을 해주면 더 좋은지 정기적으로 한 번씩 점검해 보는 것도 필요하다. 한 끗 차이로 운명이 결정되는 일도 있지 않던가. 무슨 일에서든 성공하고 싶다면 보이지 않는 것을 봐야 한다. 자녀에게 필요한 작은 것도 놓치지 않는 부모가 되어 자녀의 마음을 잘 읽어주며 성공적으로 키워보자. 왜냐하면 자녀는 우리들의 소중한 보석이니까.

신선한 스케줄

하얀 억새와 구절초가 깊어가는 가을에 은은한 색을 더한다. 황금빛이 짙어지는 알곡들은 추석이 지났다며 어서 빨리 익어서 고개를 숙여보자고 하는 듯 바쁜 몸짓이다. 머잖아 산과 들에는 울긋불긋 단풍이 물들어, 일상에 젖어 눈코 뜰 새 없는 이들조차 가을 속으로 무작정 떠나보고 싶은 마음이 생기게 할 것이리라.

처음 입사하여 33년 동안 한결같이 근무하던 직장에서 나와 병원을 열었다. 해외연수를 떠난 2년을 제외하고 강산이 세 번도 넘게 바뀔 정도로 쉼 없이 드나들던 병원 문턱의 모습이 벌써 아삼삼하다. 예전 병원이 코로나 환자를 전담하다 보니 코로나19 확진자 숫자가 치솟으면 그 직원들이 정말 고생이 많겠구나 싶어 가슴부터 짠해진다.

명절이 지났다. 추석에 바빠 오지 못했다며 아직도 기억이 나 잊지 못해 발길이 절로 이곳으로 향했다면서 반가운 얼굴들이 찾아온다. 더러는 멀리에 있다면서 전화로 그동안의 소식을 전해오기도 한다. 개원하였다는 소문은 들었어도 전시상황을 생각나게 하는 방역수칙 때문에 불쑥 찾아왔다가 혹시나 문을 갓 연 병원에 확진자가 다녀갔다는 오명이라도 남기게 되면 어쩌나 걱정되어 많이 망설였다며 마음을 전한다. 어떤 이는 화분으로, 연세 드신 분은 장문의 서신에 우표를 붙여서, 더러는 이름도 적지 않은 문자메시지로 축하 인사를 보내주셨다.

요즈음엔 검색이 대세라는 이야기를 듣고 검색창에 병원 이름을 쳐봤더니 진료 시간이 너무나 신선하다고도 추어올린다. 월요일, 일요일, 공휴일 휴진, 점심시간이 1시간 30분이라니. 생애 처음 개원이라면서 이래도 되느냐며 묻기도 하고, 어떤 분은 병원이 이런 스케줄로 진료하는 것을 보니 '심쿵'하게 되었다고도 하신다. 대학병원 명예교수로, 개원의로 활발히 진료하시는 구순이 코앞인 선배님은 걱정 조금에다가 부러움 많이 섞어서 축하를 보낸다고 하시고 진료 스케줄이 퍽 신선하다는 마음을 전하신다. 어찌 월요일을 휴진할 생각을 했느냐면서, 월요일에 환자가 제일 많이 몰리는 경향인데 그걸 모르고 그렇게 정한 것 아니냐?라고 몇 번이나 의문을 표하더니 진지하고도 긴 메일까지 보내셨다.

진료 일정을 짤 때 정말 고민하지 않고 단숨에 정해버렸다. 봉직하면서 힘들었던 날과 그런 순간은 피하고, 인생 후반의 새로운 일터에서는 늘 즐겁고 행복하게만 환자들을 대하리라고 마음먹었다. 떠나온 병원에서는 월요일에만 초진 환자를 진료하였기에 그날은 너무 힘이 들 정도로 환자가 밀렸다. 점심은 거르기 일쑤였고 퇴근하면 거의 무기력할 정도로 녹초가 되었으니, 바쁘고 힘들었던 월요일을 오로지 나만의 시간으로 비워두고 다른 날 더 열심히 환자들을 맞으면 되지 않으랴 싶었다. 점심때에 만나고 싶은 사람 만나고, 보고 싶은 곳 잠시 들러 푸른 하늘도 보고, 맛있는 음식도 즐기면서 마음이 흐르는 대로 자연스럽고 평온하게 살아보리라.

어느 월요일, 혼자 서류 정리를 하고 있는데 웬 낯선 목소리가 들렸다. 내다보니 빈 대기실에 할아버지 할머니로 보이는 세 분이 앉아 계셨다. 자세히 살피니 10여 년도 더 된 환자의 보호자와 그 친구분이셨다. 휴대폰 교체하러 인근에 왔다가 길을 건너려고 횡단보도에 서서 신호를 기다리면서 고개를 들어 건너다보니 익숙한 이름을 단 병원 간판이 보여 반가운 마음에 무작정 올라왔다고 하신다. "술술 잘 풀리라~!"

하면서 두루마리 휴지 한 뭉치 사들고서. 얼마나 반가운 손님인가. 사심 없이 인바디 체크하고 혈압 재고서 상담해 드렸더니, "직원은 없냐?"라고 묻는다. '월요일 휴무'. 불쑥 찾아오는 이런 반가운 이들을 여유롭게 맞이할 수 있는 것도 쉬는 월요일이 주는 또 하나의 즐거움이다. 정말 마음 뿌듯한 일상이라는 생각이 든다.

혹자는 묻는다. 공공병원 33년 지냈는데 앞으로 33년 더 진료한다면 몇 세에 은퇴할 것이냐고. 대답은 언제나 똑같다. 현재 나이 27세, 거기에 33년을 더하면 60, 그때에는 은퇴해도 되지 않을까요? 코로나 없어지면 신선한 스케줄 덕분으로 들로 산으로, 비행기에 몸을 싣고 2박 3일 여행을 떠나기도 하고, 언젠가는 블루트레인을 타고 여왕처럼 달릴 꿈을 꾸기도 하면서. 지금 제자리에서 날마다 모두 행복할 수 있기를…….

인생이 진정 즐겁고 행복하려면 언제 어디서나 또 어떤 상황에서도 마음먹은 대로 자신이 하고 싶은 것 하며 늘 감사의 마음으로 살아야 하지 않겠는가. 하루하루 쉬지 않고 활발하게 몸을 움직이면서 언제나 긍정의 자세로, 개원하며 다짐했던 그 첫 마음으로, 열심히, 진심을 다해 환자를 대하다 보면 내게 오는 이들에게 조금이라도 더 좋은 영향력을 줄 수도 있지 않을까 싶다.

개원의로서의 생활, 언제나 즐겁고 신나고 당당하게, 하루하루 보람 있게 살아갈 수 있기를 바라면서 푸른 하늘이 훤히 건너다보이는 창 아래 한 분 한 분께 마음으로 편지를 드린다. 귀한 분들 덕분으로 지난 33년 한결같이 보냈듯이 앞으로 그만큼의 시간도 잘 보낼 수 있기를.

끊임없는 칭찬을

아침 햇살이 내리는 소나무 숲속에 분홍 진달래꽃이 피어나 하늘거린다. 바람에 고개를 수그리는 수선화는 노란 웃음으로 봄 안부를 전한다. 지금, 순간을 온전히 느끼며 하루를 살아가라고 손짓하는 것 같다.

지난겨울 시골집에 옮겨 심어둔 천리향의 상태가 걱정되었다. 일부러 시간을 내어 들러보니 잎이 시들시들 말라 들어가는 것이 아닌가. 오랫동안 인연을 맺었던 이가 아파트를 떠나면서 선물로 주고 간 것이라 꼭 살려서 향기를 전해드려야 하는 나무인데, 이를 어쩐다. 나무 도사를 자처하는 이들에게 조언을 구하니 옮겨서 다시 심어야 한다는 이, 물만 잘 주면 살아날 것이라는 분, 처방이 제각각이다. 그중 잎이 다 마르지 않았다면 뿌리에 물을 충분히 주고 영양제를 꽂아서 두고

기다리면 다시 살아날 것이라는 처방전이 귀에 솔깃했다. 사람뿐 아니라 나무도 물 부족을 겪으면 생명이 위험해지는 것은 당연한 일이지 않은가. 나무가 필요로 하는 수분량을 잘 모르고 또 그때마다 채워줄 형편이 못 되다 보니 안타깝기만 하다. 잘 살려보리라 마음먹으며 노란 나무 영양제도 곳곳에 꽂아두고 아침저녁으로 물을 주면서 정성을 다하다 보면 어느 날쯤엔 다시 새잎이 돋아날까.

새 학년에 적응해 가는 아이들이 하나둘 성장검사를 받으러 온다. 의젓하게 검사하려고 팔을 내미는 아이, 세상이 무너져 내리는 듯이 통곡하고 발버둥 치면서 결사적으로 검사를 거부하는 아이 등등 다양한 반응이다.

일전엔 인기리에 방영하는 '금쪽이' 가 나온다는 방송에서 연락이 왔다. 코로나 이후 부쩍 성조숙증이 늘어 가는 상황이다. 어려운 환경에 있는 아이 하나가 그 증상이 의심된다는 것이다. 성장판 검사와 성호르몬 검사, 초음파 검사 등을 부탁하는 내용이었다. 들어보니 사연이 있는 딱한 아동이었다. 조금이라도 도움을 주고 싶어 고민 끝에 응하였다. 촬영시간이 잡히고 나자 마음이 급해졌다. 그 아이가 와서 검사 시작하기 전에는 모든 일정을 마무리하고 싶어서 서둘렀다.

조급한 내 마음과는 달리 순순히 잘하던 아이도 그날따

라 자꾸만 이런저런 일로 시간을 끌었다. 어른스러운 신체에 말도 행동도 애늙은이처럼 하던 아이는 혈액검사를 하려고 바늘을 잡기만 하면 "잠깐만, 잠깐만, 오 분만, 오 분만." 하면서 시간을 잡아먹는 것이 아닌가. 시계 초침은 쉴 새 없이 째깍거리며 가고 있는데, 그 아이의 검사는 2시간이 소요되는데, 시작도 못 하여 검사실에서는 쩔쩔매고 있다는 전갈이 왔다. 하는 수 없이 조용히 진료실로 다시 불렀다. 오늘 검사를 하든가, 아니면 뒷날 엄마랑 의논해서 다시 예약 잡아 내원하든가 결정하라고 다그쳤다. 아이는 커다란 눈을 이리저리 굴리더니 그제서야 지금 하겠다며 백기를 든다.

그러나 정작 알코올 솜으로 닦고 정맥주사를 넣으려고 하자 또 손을 빼고 팔을 꽉 접으면서 "잠깐만~!! 잠깐만~!"을 반복하며 소리를 치고 뻗댄다. "그럼 오늘 하지 말자!" 하면 "할게요." 그러다가도 시작하려면 또 "잠깐만~!"을 외친다. 어머니가 아이 눈을 가리고 팔을 꽉 잡았다. 나는 때를 놓칠세라 주삿바늘을 혈관에 넣고 반창고를 붙였다. 그 순간 "하나도 아프지 않네요. 히히 괜찮구나, 선생님, 나, 참 잘하지요?"라며 글썽한 눈으로 웃는다. 덕분에 방송팀은 오랜 대기 끝에 간신히 금쪽이 촬영을 할 수 있었다.

무슨 검사든지 잔뜩 겁부터 내고 소동을 피우는 아이들

이 한둘이 아니다. 그때마다 아이에게 그럼 그만둬! 하는 이는 별로 없다. 어르고 달래고 해서 아이의 마음이 움직일 때까지 기다려주다 보면 궁극엔 아이 스스로 용기를 내어 팔을 내밀곤 한다. 난리 블루스 추던 아이는 뽑아놓은 자기의 피가 들어간 검사 튜브를 바라보면서 흐뭇한 표정을 짓는다. 내 피를 다 뽑아간 것 아니냐면서 놀라는 아이에게 피는 네 몸에 얼마나 들어 있을까? 물어보니 절반이 나간 것 같다며 웃는다.

우리 몸 혈액의 총량은 보통 성인 남자의 경우 몸무게의 6~8%로 체중의 1/13 정도를 차지한다. 대개 5~6리터 정도이지만, 전체 혈액량에서 20% 이상 빠지면 생명에 지장이 오고, 출혈이 30%가 넘어가면 사망에 이른다. 피를 안 뽑으려고 우는 아이들에게 그 양을 말해주면 아이들은 신기해하며 "아~ 별것 아니네." 한다.

인생살이에서 맞닥뜨리는 문제들, 알고 보면 별것 아닌 것들이 얼마나 많은가. 오늘 하루도 잘 살아보리라 마음먹는다면, 끊임없는 칭찬을 한번 해 보기를 당부한다.

3부

낮에는 해처럼,
밤에는 달처럼

333 운동

5월 하순, 청보리가 익어간다. 텃밭에 서서, 나름의 꽃을 매달고 있는 잡초 사이를 산책하듯 한가로이 날고 있는 나비를 바라보며 모처럼의 여유를 즐긴다. 아침이 주는 상쾌함이 좋다. 춥지도 덥지도 않은 계절이 지나가는 걸 실감하니 벌써 아쉬움이 느껴진다.

우리는 패스트Fast를 즐긴다. 패스트 푸드를 즐겨 먹고, 비교적 저렴한 가격과 최신 유행에 맞춰 다품종 소량 생산하는 브랜드 형태인 패스트 패션을 즐긴다. 내가 근무하는 병원 바로 앞에 있는 유니클로 의류전문매장에는 사람들이 쉴 새 없이 드나든다. 공영 주차장이 복잡할 때면 병원을 찾는 이들은 부담 없이 그곳을 찾아 옷 하나 사고 주차하기를 즐긴다. 그곳을 선호하는 이유는 바로 저렴한 가격에 있다. 사람들은 그곳 옷이 싸다고 여겨 '그냥 한 해 입고 말지' 라는 생각으로 충동구매를 할 수도 있을 터이다. 그러다 보니 의류 폐기에 따른 환경 오염도 문제가 될 것 같다.

패스트 패션으로 인한 소비와 폐기의 반복으로 옷의 수명이 점점 짧아지면서 의류 폐기율은 급격히 높아지는 추세다. 심지어는 열어보지도 않은 옷들이 버려져 수거되고 있는 것이 현실이라고 하니, 이런 것이 환경에 미치는 영향은 또 얼마나 심각하겠는가.

남녀노소를 불문하고 많은 이들에게 사랑받는 청바지는 원단을 탈색하고 또 염색하는 과정에서 엄청난 공장 폐수가 배출된다고 한다. 환경부담금 비용을 줄이기 위해 브랜드들은 의류 생산처를 중국이나 베트남 등지로 옮기는데, 여기서 발생하는 오수가 그 나라의 환경 오염을 더욱 심화시키고 있다는 것이다. 사람들의 과소비와 그로 인해 유발되는 환경 오염이 수면 위로 떠오르면서 패스트 패션에 저항하는 333 운동, 캡슐 옷장 같은 움직임이 급부상하고 있다는 소식을 자주 접한다.

일본 작가 곤도 마리에가 쓴 책 『정리의 마법』이 일본과 미국에서 큰 인기를 끌면서 살림의 간소화가 새로운 생활 방식으로 떠오른 지 오래다. 물건 다이어트가 유행하면서 가장 먼저 대두된 정리 대상 1호는 바로 옷장이다. 333 운동. 곧 한 계절에 해당하는 3개월 동안 옷, 신발, 가방, 액세서리를 포함해 33가지의 패션 아이템만으로 생활하는 운동이다. 333 운동을 실천하기 위해서는 30여 개의 아이템으로 꾸며진 옷장인 캡슐 옷장을 마련해야 한다는 설정이다.

연전에 EBS 프로그램 〈하나뿐인 지구〉에서 가수 안다가 출연해 333 프로젝트에 참여하면서 한국에서도 이 운동이 점점 많은 사람에게 퍼져가고 있다. 가수 안다는 방송 이후에도 계속해서 인스타그램에 #캡슐 옷장을 붙여 33개의 아이템으로 코디한 자신의 패션을 공유하고 있다. '언팬시UNFANCY' 라는 패션 블로그를 운영하는 미국의 블로거 캐롤린 렉터는 흰 셔츠, 청바지, 가죽 샌들 등으로 여러 가지 패션 룩을 완성해 폭발적인 인기를 끌고 있다.

333 운동은 환경 및 동물 보호 외에 개개인에게도 긍정적인 영향을 끼친다. 일단, 세일이나 원플러스원과 같은 문구에서 자유로워지는 효과를 볼 수 있다. 빨랫감이 줄어들고 옷장 앞에서 '오늘은 뭐 입지?' 라고 고민할 일도 없어진다. 또한, 333 운동을 통해 옷장을 정리하고 옷의 가짓수를 한정시키면서 3일에 한 번꼴로 바뀌는 유행에 이리저리 치우치지 않고 자신의 스타일을 찾을 수 있다.

많은 사람이 333 운동에서 가장 힘들어하는 것으로 쇼핑을 자유롭게 하지 못하는 점과 제한적인 옷의 개수를 꼽는데, 본인에게 맞지 않는다고 생각하는 부분은 자신에게 맞춰 수정해도 된다. 예를 들면, 35개의 아이템으로 시작한다든가 한 달에 한 번씩 자신이 꼭 사고 싶은 물건을 사는 자신만의 규칙을 세워도 무방하다. 매일 새로운 물건이 쏟아지는 이 시점에서 우리는 더욱 효율적인 삶과 사회를 위해 옷장을 시발점으로 다른 물건들도 정리하며 단순함을 추구할 필요성이 있는 것 같다.

지역 의료기관에서도 구청과 함께 333 다이어트 후원단을 추진하고 있다. 무료로 다이어트 상담을 하고 인바디 검사를 제공하여 참여한 시민들의 건강한 다이어트 성공에 도움을 주는 프로그램이다. 지역주민의 건강 습관을 형성시키고 더불어 착한 기부에 동참하게 하는 333 다이어트 후원단. 시민들은 1만 원을 후원하고 1개월간 다이어트를 실시하여 SNS를 통해 자신의 다이어트 기록을 남겨서 건강도 챙기고 관내 어려운 이웃에 1만 원의 기부 쌀 후원자가 된다.

날마다 새롭게 아름다운 일을 시작할 수 있다면, 멋진 하루가 열리기를 기대할 수 있다면, 모두가 333 무언가를 시작할 수 있다면……. 아낌없는 박수를 짝짝짝!

ABCDEFGH하게 살아가기

새벽하늘에 달이 두둥실 떠 있다. 오랜만에 마주하는 보름달이다. “우리~ 하고 싶은 것 하면서 살아~!” 느닷없이 전화하던 친구의 음성이 귓전에 울리는 것 같다.

수십 년간 소식 없이 지내던 이가 갑자기 연락을 해왔었다. 나의 근황이 궁금하여 찾아보기도 하였는데 우연히 근무처를 알게 되었다면서 얼른 만나보고 이야기하자고 채근하였다. 무슨 연유일까. 어디 몸이라도 아픈 것은 아닐까? 친구의 들뜬 목소리는 반가웠지만, 사연이 있는 것은 아닌지 싶어서 왠지 살짝 걱정도 되었다. ‘잘 지내고 있었을 거야. 무소식이 희소식이란 말도 있지 않던가.’ 혼자서 마음을 달래며 약속한 날짜를 손꼽는다.

한걸음에 달려가 만나 보면 되겠지만, 각자 일정이 있기에 만날 날짜를 여러 차례 맞추었다. 시간을 정하고 장소를 잡았다. 보고픈 친구의 얼굴을 나름으로 그려본다. 어떻게 변했을까. 보름달처럼 부드럽던 그 모습은 여전하겠지. 아련하게 떠오른다. 나직나직 이야기하던 목소리도 그립다. 오래전에는 여행도 함께 자주 다녔었다. 한라산을 오르던 때의 고생담을 여러 차례 들려주며 마주 웃곤 하였다. 동그스름한 그 얼굴이 벌써 내 눈앞에 앉아 있는 것 같다. 둥근 달을 보면서 달덩이 같은 친구를 떠올리고 감회에 젖는다. 그에게 나의 버킷리스트를 들려주면 어떤 표정을 지을까.

만물이 초록색으로 덮인 계절, 6월에는 한라산 백록담에 꼭 한 번 더 올라보고 싶었다. 벼르고 별러 드디어 인생 계획을 실천하기로 했다. 한라산 백록담 등정, 이번에는 과연 성공할 수 있을까.

한라산을 등반하려면 먼저 예약이 필요했다. 등산하려는 달의 한 달 전부터 한라산 탐방 예약시스템에 들어가 예약할 수 있다고 되어 있다. 5월, 날이 밝자 예약시스템이 열리는 시각을 기다려 예약을 시작하였다. 등산 코스 선택에는 오르기 조금 덜 힘들다는 성판악 코스를, 등산 시각은 아침 일찍 시간이 덜 붐빌 터이니 제일 첫 타임으로, 탐방객 정보를 입력하고 조금 기다리니 시스템에서 예약이 확정되었다. 예약 확정 QR코드를 알림 톡으로 보내주었다. 입산 통제 시각과 정상에서 하산해야 하는 시각까지 안내되어 날아왔다. 알림톡의 QR을 잘 가지고 있다가 탐방할 때 보여주어야 할 것 같다. 등산하는 날 3일 전에도 알림 톡이 날아왔다. 두둥, 드디어 입산하는 날이다.

가슴이 벅차오른다. 아직 등산을 시작하지도 않았는데 벌써 한라산 정상에 오른 것처럼, 만수가 된 멋진 백록담, 3대가 덕을 쌓아야 볼 수 있다는 그 모습을 마주한 듯 두근거린다. 얼마 만인가. 의과대학 졸업여행으로 생애 처음 그렇게 높은 산을 올랐다. '한번 쉬구 오십시오~' 하면서 한라산의 높이가 1,950미터라고 안내하던 제주도 토박이 씨의 구릿빛 얼굴이 어슴푸레 생각난다. 진달래꽃이 만발해 있던 그때의 산 모습은 얼마나 변했을까.

그때 호호백발의 할머니 할아버님들께서 하산하면서 힘들게 오르는 젊은 우리를 보고서 "저 친구들은 난다. 날아! 젊으니까 좋다! 젊음이 좋아~!" 하셨다. 오르는 것이 너무 힘들어서 그냥 땅에 엎드려 쉬고 싶었던 참에 그분들의 훈수는 힘을 주는 감로수 같았다. 힘들다는 내색도 못 하고 끙끙 신음을 내면서 끝까지 올랐던 젊은 우리, 마지막 50미터를 두고는 거의 기다시피 올랐었다. 힘들게 오른 뒤 마주한 백록담의 맑

디맑은 물은 우리의 가슴을 시원하게 탁 틔워주었다. 그때 그 순간은 정말 짜릿함 그 자체. 진짜 잊지 못할 감동이었다.

살아가면서 몇 번씩이나 한라산을 재등정하고자 나섰다. 그때마다 폭설이 내려 입산이 금지되기도 하였고 큰비가 내려 오르기 위험하다고 극구 말리는 이도 있었다. 제주에 갈 때마다 한라산을 바라보면서 이번 생에 꼭 한번 다시 오르고 말 거야 다짐하며 버킷리스트에 담아 두었다. 그것을 실행에 옮기는 날.

미국 이야기라면서 소곤소곤 전하는 동행이 살갑다. 40년간 결혼생활을 한 부부가 있었는데, 부인은 지금 남편이 자기를 어떻게 생각하고 있는지 알고 싶었다. 남편에게 자기를 어떻게 생각하는지 한번 묘사해 보라고 하였다. 남편은 부인을 한참이나 바라보다가 "ABCDEFGH" 라고 답했다.

부인이 궁금해하니 Adorable(사랑스럽고) Beautiful(아름다우며) Charming(매력적이고) Delightful(애교 있으며) Elegant(우아하고) Fashionable(멋있으며) Gorgeous(대단하고) Happy(함께 있으면 행복하다)라는 뜻이라고 설명해 주었다고 한다. 멋지지 않은가. 한라산 백록담에 다시 오르는 버킷리스트를 실행하면 외쳐보리라. 우리 'ABCDEFGH' 하게 살자고요.

기적은 일어날 것

마른 가지 끝에 초록이 물들고 땅 기운이 따스해 오는 봄이다. 할미꽃이 뾰족이 얼굴을 내밀고 오르르 떨고 있다. 언 땅에서도 어느새 싹이 텄던가. 겨울을 꿋꿋이 참아내고 털을 잔뜩 두르고서 바들바들 떠는 모습을 보니 참으로 경이롭다.

일전에 우리 말 공부를 열심히 하는 지인의 연락을 받았다. 어느 결혼식에 입고 갔던 한복을 빌려달라는 부탁이었다. 아들 며느리가 결혼 후 미국으로 떠나면서 두고 간 우리 한복, 그냥 보관만 하는 것이 마음에 걸려 신선한 바깥바람이라도 쐬어준다는 의미로 바꾸어 입고 나갔던 것이 그 친구의 눈에는 참하게 띄었나 보다. 어디에서 입을 것이냐는 나의 물음에 올해 아름다운 이야기 할머니에 지원서를 넣었다는 얘기를 전한다.

아름다운 이야기 할머니, 자애로운 품성과 어른으로서의 경륜을 갖추었고 미래세대의 인성 함양에 대한 소명 의식을 가진 분을 선발해 아이들의 인성에 밝은 씨앗을 심어주려고 시작한 프로그램이라고 한다. 자격요건이 꽤 까다로운가 보다. 지원 당시 기준으로 만 56세에서 만 74세 사이의 여성 어르신이어야 하고 대한민국 국적자 또는 재외국민도 가능하다고 해서 지원했다는데, 정확한 언어 구사 능력을 갖춘 분이라야 한다는 조건 때문에 밤낮으로 한글 공부를 열심히 하고 있다고 전한다.

자원봉사자로서의 의지와 사명감이 누구보다 높은 분이라서 그것에는 이견이 없지만, 한글을 우리나라 사람처럼 잘 구사할 수 있을까, 구연동화를 잘 할 수 있을까, 아이들에게 감정을 잘 전달할 수 있을까 조금 걱정이 되었다. 하지만 오랫동안 한국을 사랑하고 또 한국말을 사랑하는 그는 이야기 활동에 대한 관심과 열정이 무척이나 높았다. 1차 지원 인원이 이미 선발 인원의 100배가 넘었다고 전하는 말에 나는 힘이 조금 빠졌다. 하지만 선발되어 아름다운 이야기 할머니 본선에 진출한 것처럼 이야기를 외워서 들려주는 그이의 목소리에 찬사를 보낼 수밖에 없다.

본선에서 이야기를 전할 때 아름다운 한복으로 최선을

다해 임해보리라는 친구의 각오에 두 손을 모아 줄 수밖에. 건강이 양호한 분, 교육과정 수료 후 현장 활동이 가능한 분이라는 단서 조항에 맞도록 자신의 체력을 최강으로 보완해 보려고 한다는 친구, 젊은이처럼 지원서를 쓰면서 어떤 생각을 하였을까. 자기소개서에는 어떤 열정을 담았을까. 주민등록초본이나 재외국민의 경우 재외국민 등록부 등본을 대신해 거주지 확인서로 서류를 대체하였다고 한다. 열의가 얼마나 강했으면 그 서류를 이미 넣어두고서 이야기를 다 외우고, 입고 나갈 옷까지 가장 자신에게 어울리는 것으로 장만하려고 하였을까 싶어 참으로 기적이 일어나기를 빌어주었다.

해마다 1~2월에는 아름다운 이야기 할머니 모집 공고에 가슴 설레었다는 이의 이야기를 들으면서 상상해 본다. 손주를 무릎에 앉히고 '옛날에, 옛날에' 를 속삭이던 전통을 되살리기 위해 이야기 할머니들의 열정을 헤아린다. 청춘을 불사르고 나이 지긋해도 우아한 할머니들, 아이들을 찾아가 무릎교육에 참여하고자 하는 이들의 열정, 어찌 박수를 보내지 않을 수 있으랴.

이야기 할머니로서 갖추어야 할 기본소양과 자원봉사자로서의 마음가짐을 한국국학진흥원에서 2박 3일 합숙 교육까지 받아야 한다며 얼마나 어려운지를 강조한다. 유아교육에 대한 이해와 이야기 구연 능력 향상을 위한 월례 교육하는 권역별 교육장이 있어서 6개월 동안 월 1회 1일 교육을 마쳐야 수료하는 까다로운 과정이란다. 그것을 이수하면 출석률과 이야기 구연 능력을 종합적으로 평가하여 현장 활동 자격 부여 여부가 결정 날 수도 있다고 한다. 석사, 박사, 박사 후 과정까지 있을 정도로 첩첩의 어려운 단계를 거치려고 단단히 마음먹고 임하는 친구에게 격려를 보내 본다.

사람이 인생을 살아가는 방법에는 딱 두 가지가 있다는 이의 말이 떠오른다. 하나는 아무것도 기적이 아닌 것처럼 살아갈 수도 있고, 또 하나는 모든 것이 기적인 것처럼 살아갈 수도 있다고 말하던 친구. 그 음성이 자꾸 귓전을 울리고 머리에서 맴을 돈다.

어느 정도 나이 먹었더라도 인생의 나머지 시간에 열과 성을 다해서 무엇인가에 도전하려고 마음먹으면서 살 수 있는 이, 또 하루하루 기적을 믿으며 땀을 쏟고 나 아닌 타인을 위하려 노력하는 이, 그들을 대하다 보면 기적은 반드시 일어날 것이라는 믿음이 생긴다. 고생은 바로 사랑의 다른 이름일 터이니, 그들에게 더 아름다운 노을이 찾아오기를 소망한다.

나는 어떤 종류의 사람일까

여름이 시나브로 깊어져 간다. 빗소리에 다가드는 인연이 참으로 살갑다. 꼬마였을 때 병원 신세를 졌던 아이가 몰라보게 자라나서 찾아왔다. 실습하러 나온 것이었다. 만남이 있던 첫날부터 모든 이의 마음을 사로잡았다. 그가 가는 곳마다 정돈이 되었다. 책들도 가지런해지고 흩어진 퍼즐 조각들은 제자리를 찾아갔다. 바쁘게 돌아가는 주사실에서도 손이 필요한 때에는 언제든 그가 옆에서 돕고 있다. 일찍 출근하며 인사한다. 상대방을 배려하며 근무하니 아직 앳된 그가 얼마나 사랑스럽겠는가. 칭찬 외에 입 댈 것이 없다. 선생님께서 실습 잘하고 있느냐고 물으면 입을 모아 답한다. "OO이는 하나도 버릴 게 없습니다."라고. 실습 마치고 돌아간 그가 시간이 나기를, 함께 근무할 수 있는 날이 오기를 기다리게 된다.

기다려지고 만남을 기대하는 사람, 꼭 함께 일하고 싶은 사람이라니.

미용실에서 진료를 권하더라면서 한 초등학생이 엄마와 함께 찾아왔다. 또래보다 많이 컸고 성숙하였다. 발에 맞춰 운동화 사 주기 바빴다는 엄마, 요즘 잘 먹어서 잘 자라는가 생각했다지만, 이갈이까지 너무 빨랐던, 초경이 임박한 성조숙증이었다. 부모가 물려준 유전적인 성장치를 다 자라게 되지 못할지도 모르는 성조숙증은 아이들에게 어쩌면 돌이킬 수 없는 상처로 남을 수도 있다. 초등 저학년이 초경을 한다면 어찌 감당할 수 있겠는가. 부모는 물론 당사자인 아이가 얼마나 당황스럽겠는가. 조금 이상하니 병원 가보라면서 권유해 줄 수 있는 마음 넉넉한 미용실 원장님이 있어 얼마나 다행인지 모르겠다.

이솝우화로 유명해진 이솝의 이야기다. 그는 그리스 태생으로 어렸을 때부터 남의 집 노예로 살아가고 있었다. 어느 날, 훌륭한 학자였던 그의 주인이 이솝을 불렀다. "내가 오늘은 오랜만에 목욕을 좀 해야겠다. 목욕탕에 사람이 얼마나 있는지 알아보고 오너라."

이솝은 곧장 동네 목욕탕으로 달려갔다. 목욕탕 앞에 가보니 뾰족한 돌멩이가 땅바닥에 박혀 있었다. 그 돌멩이 때문에 목욕하러 들어가는 사람, 나오는 사람마다 모두 걸려 넘어질 뻔하기도 하고 어떤 사람은 발을 다치기도 할 정도로 매우 위험해 보였다. 이솝은 목욕탕 앞에 앉아서 사람들이 드나들고 있는 모습을 한동안 지켜보고 있었다. 사람들은 돌에 걸려 넘어질 뻔하기도 했고, 더러는 심한 욕을 하면서 지나가는 이도 있었다.

얼마 뒤, 한 젊은이가 나타났다. 그 젊은이도 목욕탕에 들어가려다가 역시 그만 돌멩이에 걸려 넘어질 뻔하게 되었다. “아니, 이런 곳에 웬 돌멩이가 박혀 있담!” 그는 곧 근처로 돌아다니며 큰 돌멩이 하나를 들고 오더니 박혀 있던 돌멩이를 뽑아낸 다음에야 목욕탕 안으로 들어갔다. 그 모습을 보던 이솝은 그제야 자리에서 일어나 집으로 달려갔다. 목욕탕 안의 사람 수는 헤아려보지도 않고 주인에게 말했다.

“지금 목욕탕 안에는 사람이라고는 딱 한 사람밖에 없습니다.” 주인은 “그래? 그거 잘됐구나! 목욕탕 안에 물이 몹시 깨끗하고 맑겠구나!” 기분이 좋아져서 목욕탕으로 가보니 탕 안에는 사람이 너무 많아 바글바글한 것이 아닌가. 이솝에게 왜 거짓말을 하였느냐고 주인이 묻자, 이솝은 “목욕탕 앞에는 큰 돌멩이가 위험하게 튀어나와서 사람들이 드나들 때마다 걸려 넘어지곤 했는데 누구 하나 그 돌멩이를 치우는 사람이 없었습니다. 그런데 단 한 사람, 돌멩이를 치우고 들어가는 이가 있었습니다. 그래서 제 눈에는 사람다운 사람은 오직 그 한 사람밖에 보이지 않았습니다."라고 대답했다.

프랜시스 베이컨Francis Bacon은 "이 세상에는 크게 세 종류의 사람이 있다. 첫째는 있어서는 안 될 사람, 둘째는 있으나 마나 한 사람, 셋째는 꼭 있어야 할 사람이다."

첫 번째 부류인 있어서는 안 될 사람은 남에게 피해만 주며 사는 사람, 거미와 같은 사람, 부호로 보면 마이너스(-)인 인생이라고 할 수 있을 것이다. 두 번째 부류의 사람은 있으나 마나 한 사람, 남에게 피해도 유익도 주지 않는 자기 위주의 사람, 개미와 같은 사람이며 이퀄(=)인 인생이다. 마지막 부류의 사람은 꼭 있어야 할 사람, 남을 도우며 다른 사람에게 이로움이 되는 사람, 벌과 같은 사람이니 플러스(+) 인생이리라.

이 세상에는 세 종류의 사람이 어울려 살아간다. 나는 과연 어떤 종류의 사람에 속할까?

낮에는 해처럼, 밤에는 달처럼

새로운 해가 떠오른다. 화사한 햇살이 통창으로 가득 쏟아져 들어온다. 멀리 보이는 산들이 첩첩이 원근으로 눈앞에 다가든다. 햇살에 기대어 새 달력으로 하얀 벽을 꾸미기로 한다. 한 장에 넉 달이 들어있는 기다란 달력, 세 장을 벽에 걸어보니 충만한 삼백예순다섯 날이다. 온전하게 새로운 한 해가 눈앞에서 가득 희망의 날들로 펼쳐질 것 같은 예감이 든다.

자, 한 해의 시작이다. 지나간 한 해, 아쉬운 마음으로 보내고 찰나의 순간에 설렘 가득한 새로운 날을 선물 받았다. 달력이 바뀐다는 건 의미심장하지 않은가. 하루가 저물고 또 하루가 밝아오는 날들의 연속일지라도, 이 순간만큼은 새로운 결심을 해야만 할 것 같다. 낮에는 해처럼, 밤에는 달처럼 하루를 살아갈 수 있도록.

책을 좋아하는 지인이 새해 인사를 보내왔다. '실수하는 것은 인간의 일, 용서하는 것은 신의 일' 이라고. 무슨 큰일이라도 있었는가? 여쭈어보았다. 연락하지 못하고 지냈던 그동안 정말 많이 아팠다고 하였다. 몹쓸 병에 걸려 생사를 넘나들었고 두 번의 수술과 항암치료, 방사선치료까지 봄, 여름, 가을을 보냈다는 것이다. 홀딱 벗어져 문어 같던 머리가 이제 많이 자라서 모자를 벗고 나가도 될 정도가 되었다고 하는 것이 아닌가. 언제나 건강에는 자신 있다고 하였고 누구보다 운동을 좋아하며 낙천적이고 활동적으로 아주 적극적인 삶을 살던 분이었는데. 듣기만 해도 너무 엄청난 지난 일에 대해 어떤 위로를 어떻게 건넬 수 있을까.

차분한 음성으로 오래된 지난 일을 상기하듯이 훑어주는 그분의 이야기를 들으면서도 정말 믿기지 않았다. 꿈속에서 듣는 것만 같았다. 혼미해진 머리로 지금은 괜찮으시냐는 물음을 던질 수밖에.

이젠 신이 자신을 용서한 것 같다고 한다. 그동안 자신만을 믿고 너무 동동거리며 마음껏 살았기에 계속 그렇게 살면 안 된다는 것으로 본때를 보여주신 것 같다고. 그러면서 다시 한번 잘 살아보라고 살려주시고 또 기회를 주신 것 같다고. 저 먼 곳에서 신의 음성이 아련하게 들려왔다는 것이다. 듣고 있으면서 나도 아련하고 몽롱한 상태가 되어갔다.

풍자적 글쓰기로 유명하였던 영국 시인 알렉산더 포프가 쓴, 비평에 관한 에세이에 나오는 글을 보내준 새해 인사가 새롭다. '실수하는 것은 인간의 일, 용서하는 것은 신의 일'. 인간이라면 누구나 실수를 저지르기 마련이니 신이 용서하듯 자비를 베풀어 인간을 용서하라는 의미가 아니겠는가.

의과대학 시절, 독일어책에서 배운 구절이 떠오른다. 공부할 과목도 많고 외울 분야도 많아서 어떤 시험을 어찌 치렀는지 정신없이 보냈지만, 그 시간에 배운 한 문장이 내내 머리를 떠나지 않았다. 구두로 묻고 답하는 시험을 보는 장면이었다. 한 학생이 환자에 대한 처방을 내리는 설정이었다. 모르핀처럼 통증에 아주 잘 듣는 약의 용량을 적어내는 것이었다. 자신이 공부했던 분야였고 약 이름까지 맞출 수 있다고 생각한 그 학생이 자신만만하게 답을 적어서 내고 나갔다. 문밖에 나가자마자 퍼뜩 생각났다. 소수점 자리를 잘못 찍은 것이었다. 10배나 많게 투여하게 된 것이었다. 얼른 문을 연 학생이 다시 들어와 실수했다고, 점 하나를 잘못 찍었다고 하자 노교수는 고개도 들지 않고 답한다. "이미 죽었네."

오래전, 의과대학에서는 의사가 되고자 하는 사람의 답안지는 고치면 안 된다고, 틀린 답으로 처리되었다는 이야기를 들은 적이 있다. 답을 적어내는 순간 의사의 판단으로 사람의 몸에 약이나 처방이 투여되는 것이니 돌이킬 수 없지 않은가. 그만큼 신중해야 한다는 것을 학생 때부터 몸에 익혀야 한다는 뜻이리라.

살아나고부터는 날마다 기도를 올린다는 분이 전하신다. 다른 사람의 비애를 느끼고, 내가 보는 결점을 숨기고, 내가 다른 사람에게 베푸는 자비를 나에게 베푸는 법을 배우고, 비평함에 있어 영광에 목말라하지 말고, 사람됨을 잃지 말며, 선한 본성과 분별력을 가지라고. 왜냐하면 인간은 실수하게 마련이기 때문이다. 용서는 신의 몫이다. 그래서 우리도 신을 닮아 인간을 용서해야 한다. 용서는 그만큼 신성한 것이다.

아무도 손대지 않은 온전한 한 해를 통째로 선물 받았다. 다시 달려야 하리라. 한 해가 저 멀리 뒤안길로 사라지는 순간, 아무런 미련도 아쉬움도 없이 잘 보낼 수 있도록. 새로운 꿈을 꾸기 시작했는가? 출발선에 섰으니 최선을 다해 가야 하리라. 간혹, 하늘도 보면서. 자그마한 소리로 주문도 걸어보자. 낮에는 해처럼, 밤에는 달처럼.

모시는 데 충성을

빨간 꽃이 흐드러지게 피었다. 시도 때도 없이 닦고 조이고 칠하던 그 집, 주인은 먼 곳으로 떠났어도 오월의 장미는 담장을 넘어 넘실댄다.

부모님 은혜에 감사하고 스승의 은혜를 되새겨 보아야 할 오월이다. 삶의 어느 모퉁이든 누군가의 기도 덕분으로 지금의 내가 존재하고 있지 않겠는가.

존경할 수 있는 스승님이 계신다는 것만으로도 복된 삶이지 않으랴. 스승의 날은 5월 26일이었다가 1965년부터 세종대왕 탄신일인 5월 15일로 바뀌었다. 훈민정음을 만들고 널리 배포한 세종대왕을 겨레의 큰 스승으로 여겨 이날을 스승의 날로 바꾸어 지정하게 된 것이다. 배우는 학생들이 스승에 대한 고마운 마음을 깨닫고 진정한 감사의 뜻을 표할 수 있는 날, 스승의 날은 어떤 식으로든 기념해야 마땅하리라. 시대에 따라 상황에 따라 감사하는 방법이야 바뀌었지만, 스승의 날은 모름지기 감사하는 날이다. "교육은 그대의 머릿속에 씨앗을 심어주는 것이 아니라 그대의 씨앗을 자라나게 해준다." 철학자 칼릴 지브란의 명언이 뇌를 스쳐 간다. 우리 모두에게 있을 아름다운 씨앗, 그것을 자라나게 해주는 것이 바로 교육이고 스승일 터이니, 어찌 감사하지 않겠는가.

어려운 일이 있을 때나 기쁜 일이 있을 때 얼굴이 그려지고 뵙고 싶고 존경하는 스승님이 계신다는 것, 그것만으로도 정말 감사한 일이다. 무슨 일을 시도할 때 스승님이라면 어떤 조언을 해주실까. 이런 경우 어떤 판단을 내리실까. 만약에 두 가지 길 한복판, 선택의 갈림길에 서 있을 때 스승님은 어떤 길로 가라고 조언해 주실까. 배운 지도 오래되었지만, 중요한 결정을 해야 할 때면 늘 스승님과 마주하고 있는 듯, 마음이 먼저 그분을 모시고 충성스레 의논한다. 골똘하게 고민하신 후 늘 바른 선택으로 인도해 주던 분이기에 수십 년이 지난 지금도 그분의 얼굴을 떠올리기만 하면 마음에 어느 순간 딱 결정이 서곤 한다.

아무리 완벽해 보이는 사람에게도 인생의 스승은 필요하리라. 많은 이들이 진정 자신이 원하는 것이 무엇인지 알지 못하는 경우도 있다. 부족한 것이라곤 하나도 없어 보이는 사람에게도 때로 인생의 스승은 필요하겠다. 어려운 삶 속에서도 선뜻 바른 해답을 얻고자 할 때는 스승님을 떠올리면 힘을 얻는다. 되도록 마음을 차분히 하고 정신을 집중하다 보면 어느새 불끈 결심이 서곤 한다. 하루를 시작할 때, 또 하루를 마무리할 때 인생의 스승님을 떠올리며 감사하고 자극받으려고 노력한다.

처처에서 만난 인생의 스승님들은 좋은 글귀를 정성스레 보내주신다. 그것을 자주 읽고 들여다보면 긍정적으로 변화해 가는 나 자신을 발견하게 된다. 닮고 싶고 작게라도 변화했음을 보여드리고 싶게 만드는 스승님들, 그분들의 가르침은 의지를 북돋우고 내 삶의 엔진이 되어 준다. 살다 보면 깨달음을 얻게 되는 순간들이 있지 않던가. 깨달음을 준다면 나이와 상관없이 인생의 스승이 될 수도 있을 것이다.

가난한 환경에서 공부하는 의학도 시절 배고픔을 참고 방문판매를 하던 한 청년이 있었다. 너무 목이 말라 방문한 집에서 한 소녀에게 물 한 잔을 부탁하자, 그의 허기를 눈치챈 소녀는 물 대신 우유 한 잔을 대접했다. 그 청년은 우윳값으로 얼마를 주면 될지 물었지만, 소녀는 "저희 엄마가 친절을 베풀면서 돈을 받지 말라고 하셨어요."라며 이를 마다했다. 학비 마련이 너무 힘들어 모든 걸 포기하려고 했던 고학생은 그 우유 한 잔의 배려로 모든 어려움을 헤쳐나갈 수 있게 됐다. 세월이 한참 흐른 후 그 고학생은 유명한 의사가 되었다.

어느 날 희귀병 환자와 의사로 그들은 재회했다. 그 의사는 그 환자를 한눈에 알아볼 수 있었다. 친절을 받았던 그 순간을 잊지 않고 마음에 오랫동안 담아두고 기억했기 때문에 한눈에 알아보는 것이 가능했을 것이다. 모든 의술을 동원해서 최선을 다했기에 그 소녀는 다행히 완치되었지만, 거액의 치료비가 문제였다. 하지만 그 의사는 단 한 푼의 의료비도 받지 않았다. 대신 그 소녀의 앞으로 온 병원비 청구서에는 '우유 한 잔으로 모두 지불되었습니다' 라고 쓰여 있었다. 세계 최고의 의술을 자랑하는 미국 존스홉킨스 병원의 창립자인 하워드 켈리 박사의 실제 이야기다.

평범한 스승은 설명하고 훌륭한 스승은 몸소 보여주며 위대한 스승은 영감을 준다는 말이 있다. 아름다운 스승님 날이다. 그동안 찾아뵙지 못했던 존경하는 스승님을 만나서 모시는 데 충성을 다하고 감사한 마음을 전할 수 있으면 좋겠다.

살아있음에

메마른 대지에 붙은 큰불로 위험한 지경까지 갈 뻔하였다는 뉴스를 접하며 많이 걱정스러운 날을 보냈다. 자꾸만 그 지역 지인의 얼굴이 떠올라 자다가 깨다가를 반복하며 아침을 맞았다. 날이 개어 소방헬기가 다시 뜨고 바람도 조금 잦아들어 조금 더 불 끄는 데 집중할 수 있다는 소식을 들으며 그나마 안도의 숨을 쉰다.

큰불로 삶의 터전을 잃고 대피한 사람들의 인터뷰를 들으며 아파트 마당에 내려서니 어느새 봄은 양지쪽 화단의 목련 꽃망울을 터뜨리게 하고 있다. 아무런 일도 없었다는 듯 제시간에 맞추어 물기를 더하고 온기를 보태어 우리의 삶을 위로해 줄 화사한 봄꽃이 만개할 것 같다.

인생을 너무 잘 살아야겠다고 생각하면 지금의 인생은 초라해집니다. 인생은 그냥 길가에 풀 한 포기가 나서 사는 것과 같습니다. 아침에 눈을 뜨며 '오늘도 살았네!' 한 번씩만 외쳐 보세요. 살았다는 느낌보다 인간에게 더 좋은 에너지를 주는 것은 없습니다. 인생에 너무 많은 의미를 두지 마세요. 항상 현재에 살아야 합니다. 현재에 가장 중요한 것은 지금 살아있다는 것입니다. 불행의 이유를 만들어서 움켜쥐고 있지 말고, 놓아 버리고 살아있는 행복을 누리시면 좋겠습니다.

팔순이 훌쩍 넘어서도 문학 공부에 누구보다 열심이시던 대한민국 법조인, 국회의원을 세 번이나 지낸 원로 선생님께서 주신 글이라 찬찬히 음미한다. 법륜 스님의 「살아있는 행복」이라는 글을. 그분은 시골 마을에서 태어나 어려운 가정형편으로 초등 3학년을 끝으로 학교를 그만두었다고 하셨다. 면사무소에서 사환으로 일하면서 주경야독, 검정고시에 합격하였다던 분. 혼자 공부로 고등고시 사법과에 합격하였다니 얼마나 끈기 있게 노력하였겠는가. 오랫동안 판사로 근무하다가 변호사 생활을 거쳐 사람들의 삶을 더 낫게 하고자 국회의원 선거에 도전하셨다고 술회했다. 큰 뜻을 품고 많은 일을 해내셨던 분이 어느 저녁 문학 공부를 마치고 밤길을 걷다가 한 건물을 바라보며 혼잣말처럼 내뱉으셨다. 저 건물이 원래는 내 것이었는데….

우리의 인생살이는 어쩌면 덧없이 흘러가는 것이 아니겠는가. 물 흐르듯이, 꽃 피듯이 순리대로 사는 것이 진정한 행복이라시던 그분의 말씀과 더불어 「천자문과 영산회상」이라는 글을 쓰신 분이 떠오른다. 어느 봄날, 집을 정리하다가 빛바랜 월간지를 발견하였다. 버리려다가 후루룩 넘기니 「천자문과 영산회상」이라는 제목이 눈에 들어왔다.

중앙대 음대 학장을 지낸 분이 쓴 수필이었다. 그분은 아침에 일어나 세수하고 아버지가 불러서 방으로 들어갔다. 아마 초등학교 1학년 때인가 싶었다고 한다. 엄하셔서 어렵기만 한 아버지가 아들을 불러놓고 꺼낸 것이 바로 『천자문』이었다.

"오늘부터 나하고 하루에 여덟 자씩 배운다."

그렇게 시작된 천자문 공부는 반년쯤 지나서 마쳤다. 그리고 『동몽선습』을 배우게 되었고, 그의 아버지가 서울로 가시게 되어 공부는 중단되었다. 공부하는 동안에는 이만저만 싫은 것이 아니었다. 그냥 단순히 큰소리로 읽고 외우고 쓰는 것이 전부였다. 아버지가 내준 숙제를 하는 동안에 동네 친구가 놀자고 불러낼 때는 여간 속상한 것이 아니었다.

그런데 지금 돌이켜 생각해 보니 신기하게도 천자문을 공부한 덕택인지 특별히 따로 공부하는 것도 아닌데, 학교 성적이 좋았다고 한다. 그때 배운 천자문 실력은 이후 일본어, 중국어를 배울 때도 요긴하게 사용되었다고 적었다. 음악 대학에 들어가면서 은사에게 거문고로 배운 것이 〈영산회상〉이었다. 생전 처음 배우는 거문고 음악인데, 너무 담담한 음악이라 도무지 그 맛을 알 수 없었다고 한다. 특히 영산회상의 상영산은 느릿하여 이것도 음악인가 싶었다고도 하였다. 그런데 시험을 본다는 바람에 낙제를 면하려고 억지로 외웠다. 그 재미없는 음악을 외우고 나니 그제야 음악으로 들리고 맛을 알 수 있었다며 신기했다고 한다.

뇌 연구로 유명한 한 교수의 글을 읽어 보니, 한문 공부와 영산회상 같은 느린 음악은 좌뇌를 발달시킨다고 하였다. 우뇌는 감성의 뇌, 직관의 뇌, 시각을 담당하는 뇌, 음악을 관장하는 뇌인 데 비해, 좌뇌는 이성의 뇌, 논리의 뇌, 언어를 담당하는 뇌, 수리의 뇌다. 천자문 공부와 영산회상 공부는 지구력을 길러주고, 이성적 판단과 명확한 논리를 구사할 수 있는 능력을 길러준다는 것이다. 그러니 천자문 교육과 거문고 레슨이 그를 훈련시킨 격이 되지 않았겠는가.

거문고를 배울 당시에는 낙제를 면하려고 억지로 외웠던 영산회상 가락이 약이 된 것이라니. 이후부터 만나는 사람마다 영산회상을 권한다던 그분이다. 영산회상 CD가 그때는 단돈 일만 원이면 살 수 있다고 하면서 집 안에 영산회상이 흐르도록 해 보자고 권유할 정도였다. 단돈 일만 원으로 아이의 좌뇌를 개발시키고 지구력을 길러준다면, 그런 투자라면 해 볼 만하지 않은가? 마음 맞는 이들에게 권하고 싶다. 천자문을 무조건 한번 외워보라고. 영산회상을 늘 집 안에 흐르게 해보라고. 그리고 살아있음에 꼭 감사하라고.

삼치를 지녀야

비 갠 아침이 상쾌하다. 화창한 날씨에 마음마저 들뜬다.

시간은 쏜살같이 흘러 개원한 지 3주년이 되었다. 차 한 잔을 놓고 감회에 젖는데 꽃이 배달되어 왔다. 활짝 핀 호접란이 커다란 화분에 담겨 이동하였다. 꽃 모양이 호랑나비를 닮았다. '원산지 인도네시아, 꽃말은 행복이 날아든다.' 라고 쓰인 쪽지가 꽂혀 있다. 좋아하는 지인이 보내준 화분이다. 불현듯 그의 얼굴을 떠올리고 있던 참에 이렇게 기별이 온 것이다. 텔레파시가 통했나 싶어 반가웠다. 어찌 지냈을까? 전화를 넣었다. 며칠 사이 황사가 꽤 심하여 목이 아프다고 호소하는 환자들이 부쩍 많이 있었던 터라 그의 건강을 물으니 괜찮다, 여전히 좋다는 대답이 돌아왔다.

아니었다. 실은, 못 보는 사이 그는 정말 많이 아팠다고 털어놓는다. 그래서 개원하는지도 모르고 있었는데 지나가다 병원 간판을 보았다고 하였다. 생과 사를 넘나들며 위험한 고비를 넘겼고 여러 차례 수술도 받았다고 했다. 이곳저곳의 암세포와 싸우느라 봄이 가는 줄도, 가을이 아름다운 것도 잊었다고 전한다. 눈 내리는 풍경을 보면서 드디어 살아있다는 것을 실감했다니. 마음이 아렸다.

사방천지에 파릇파릇 새순이 돋아나는 나무들을 보면서 기쁨의 눈물을 흘렸다는 말속에 목이 메어 있었다. 꽃 피는 봄이 다시 돌아오니 자기 몸에도 봄이 찾아들 거라며 희망을 보인다. 그에게 마음의 응원을 보낸다. 날이 맑아도, 비가 와도, 바람이 불어도 그냥 좋아해 보기로 했다는 그의 결심에 응원을 보냈다. 실수하는 것은 인간의 일이고, 용서하는 것은 신의 일이라고 하지 않던가. 있는 그대로 받아들이고 하루하루를 소중하게 산다면 언제나 행복할 것이리라.

나는 그에게 아프면서 만났던 사람들에 대한 소회를 전하였다. 불편함과 고마움이 섞여 있었지만, 그의 말속에서 명심해야 할 것들을 건져 올린다. '치' 라는 글자로 끝나는 세 가지, 이른바 '삼치' . 곧 인간이라면 누구나 세상을 살면서 원활한 인간관계를 맺고, 직장 생활을 잘하려면 가슴에 새기고, 실천해야 할 세 가지 원칙이다.

첫째가 바로 눈치다. 상대의 마음을 그때그때 상황으로 미루어 짐작해 알아주는 것이 눈치이지 않은가. 어느 정도 잘 키우면 좋겠지만, 너무 눈치를 보면 오히려 혼란스러워질 수도 있고 또 주눅이 들 수도 있다. 하지만 그래도 누군가 상대방의 감정과 마음을 잘 살펴서 헤아리려는 노력을 기울인다면 서로 이해의 폭이 넓어지지 않겠는가.

남의 눈치를 보지 않고 마음대로 행동하는 사람을 독불장군이라고 부른다. 그런 이는 어디 가서도 환영받지 못한다. 그러니 '눈치'라는 말이 주는 아름다움은 상대의 입장에서 생각하고 이해하려는 자세나 태도다. 몸이 아파서 찾아와 큰 병으로 진단받을까 봐 겁내는 환자, 경제적 형편으로 치료를 망설이는 분, 좋지 않았던 경험으로 조금 삐딱한 시선으로 바라보는 이, 무엇이든 의심하거나 화난 마음도 잘 이해하고 헤아리려는 자세와 태도가 필요하다.

눈치 있다면 상대의 어떠한 마음도 더 잘 얻게 되고 관계도 수월해짐을 느낄 수 있다. 적극적으로 경청하고 대화 도중에 공감적 피드백을 해가면서 'small talk'라고 하는 추임새도 더하면서 상대의 마음을 이해하고자 노력한다면 자칫 불편해질 뻔하였던 관계도 자연스레 좋아질 수 있을 것이다. 동료나 환자나 가족의 관계도 마찬가지이지 않겠는가.

둘째, 재치다. 눈치 빠른 재주 또는 능란한 솜씨나 말씨를 재치라고 한다. 문제해결 능력, 또는 상황대처 능력을 발휘할 때 재치 있다고 한다. 경력과 연륜이 쌓여 가도 나로부터 상대방 그리고 주변으로 시야가 넓어지지 않으면 재치를 발휘하기 어렵다. 어떤 일을 도모하든 예측하고 준비하는 훈련을 하지 않는다면 항상 여유가 없고 돌발 상황에 능란하게 대처하기 어렵다. 지시와 동시에 대응할 수 있거나 지시 전 대응에도 능숙하다면 그는 무척 재치 있는 사람에 속할 것이다. 상대에게 필요한 정보를 적절하게 제공하고 재차 확인하고 행동한다면 더 재치 있는 사람이 되지 않겠는가.

셋째는 염치다. 사람은 무릇 염치가 있어야 한다. 체면을 차릴 줄 알고 부끄러움을 아는 마음을 염치라고 부른다. 너무 자기 잇속을 챙기면 염치없는 사람이 된다. 자기 할 도리를 다하고 당당하게 행동하는 사람이 되어야 하지 않겠는가. 주어진 일을 성실하게 수행하는 것부터 시작하여 상대의 마음을 헤아리고자 하는 태도와 자세로 살아가야 하리라.

우리 모두 더 밝은 세상을 만들어가기 위해 눈치 빠르고, 재치 있고, 염치를 지닌 '삼치'의 소유자로 살아갈 수 있기를…….

스모비로 건강하게

커다란 통유리창으로 보이는 하늘에 가을이 온통 들어차 있다. 새털구름이 여유롭게 떠 있는 하늘에서도 구름이 '가을~!' 이라며 흐르는 것 같다. 나지막한 침대에 걸터앉아 창 너머 구름을 바라보는 아이의 눈길에도 가을이 머문다. 멍하니 넋을 놓고 바라보는 저 순간이 어쩌면 진정 힐링의 순간이 아니겠는가. 나도 덩달아 창밖 풍경 감상에 동참한다.

출입구에 'welcome' 매트를 깔았다. 한때 중국어 선생님이었던 분께서 며칠 전 소식을 전해왔다. 거리를 지나다가 나의 이름을 발견했다면서. 언제나 하이 톤으로 웃음 머금고 인사하며 아침 공부를 시작하던 그 선생님, 중국어 중에서 '환잉' 을 제일 먼저 가르쳐주셨다. 누군가를 햇살처럼 반기는 것을 뜻한다고. 자신의 공간을 방문하는 손님을 빛으로 여기고 '여기 우리 집에 당신이라는 빛이 들어와 환히 밝아졌네요.' 라는 뜻이라고 하셨다. 아침이면 어디선가 귀에 익은 음성의 "환잉~ 정밍 씨~!" 라는 소리가 들려올 것 같다.

나만의 공간을 마련하니 반가운 인연들이 연이어 찾아온다. 십여 년 전 중학생 아들을 데리고 병원에 왔던 여인은 어느새 손자를 보았다며 근황을 전한다. 까까머리가 자라서 가정을 이루었고, 그 사이에 아이를 낳았다면서 며느리와 함께 귀여운 아이의 손을 잡고 병원에 찾아온 것이다. 속을 끓게 하던 아이가 바로 얘라면서 잘 봐 달라고 한다. 대를 이어 찾아오는 이들을 어찌 잘 돌보지 않을 수 있겠는가.

무심코 올려다본 건물에서 내 이름 석 자를 발견하고 기억을 휘리릭 되감아 보았다는 아이 할머니처럼 긴가민가한 느낌에 소식을 알고자 확인차 방문하는 이, 인근 시장에 장을 보러 왔다가 개원 소식을 듣고서 부랴부랴 올라와 보아야겠다는 생각이 들었다는 분, 카페에서 댓글을 보다가 우연히 발견하고 처음으로 찾아왔다는 낯선 이들까지 하루하루가 신선하고 귀한 인연으로 엮어진다.

날마다 부대끼며 살아가더라도 나만의 공간이 있다는 것, 누군가에게 조금이라도 도움이 될 수 있는 말을 해 줄 수 있다는 것이 감사하다. 아이를 둘 셋 기르는 이들도 요즘은

드문 것 같다. 형제자매가 있는지 물으면 하나뿐이라는 이들이 대다수다. 아이에게 동생 있으면 좋지 않겠니? 질문하면 곧장 "아니오~."라고 대답한다. 까닭을 물으면 '경쟁하기 싫어서' 라는 이유를 갖다 댄다. 예전의 우리처럼 여럿이서 싸우면서 화해하고 어울려 같이 놀지 않는다고 한다.

밖으로 나다니지 않고 혼자서 집에서 조용히 지내는 시간이 많아진 아이들, 스마트폰이나 컴퓨터 게임 하는 시간이 더 늘어나고 TV 보는 시간이 지나친 아이들도 많다. 밖에서 뛰놀며 땀 흘리는 활동은 더 줄어들고 배달 음식으로 끼니를 채우는 경우도 부지기수다. 인스턴트 음식에다 야식에다 늦게 잠자리에 드는 아이들, 몸무게가 자꾸 불어나 걱정이라며 병원을 찾는다.

비만이 성조숙증으로 이어질까 걱정이라는 말을 늘어놓는다. 사춘기가 일찍 시작되어 키가 덜 자라게 될까 걱정이라는 소리도 빼먹지 않는다. 초경이라도 덜컥 시작될까 봐 걱정하는 부모들이 늘어간다. 이들이 잘 자랄 수 있도록, 과도한 걱정에서 벗어나 아이들을 잘 키울 수 있게 도와줄 수만 있다면 아이들도 어른도 더 편하게 생활하지 않으랴. 그것이 바로 나의 임무라고 생각하며 오늘도 반복되는 질문에 성의 있는 답변을 준비하리라 마음먹는다.

아이들이 재미있게 운동하도록 유도하기 위해 스모비를 준비했다. 미세진동을 이용하여 온몸의 기능을 깨워주는 운동기구다. 뻥튀기 기계에 들어갔다 나온 것처럼 몸무게가 불어난다는 아이들의 몸을 우선 신나게 움직여보려고. 스모비 내의 구슬 움직임은 미세진동을 발생시켜 칼로리 소비를 높인다. 전신 근육을 자극해 근기능이 떨어진 부분까지 활성화시킨다.

빨강, 녹색, 파랑의 세 가지 색깔도 나름의 의미를 부여했다. 빨간색은 인간의 운동능력과 투쟁심을 높이고, 녹색은 마음의 안정을 주며, 파랑은 머리를 맑게 해주리라. 스모비로 운동을 지속하면 전체 근육량이 증가되어 아이들도 비만에서 탈출할 수 있지 않겠는가. 유행병처럼 밀려드는 성조숙증을 걱정하는 아이들, 조금이라도 잘 관리될 수 있을 것 같다.

양손에 스모비를 쥐고 진동을 느끼면서 스쿼트 자세를 취해본다. 앞뒤로 흔들며 점프 스쿼트, 발바닥이 바닥에 닿는 동시에 다시 스모비를 앞뒤로 흔들어본다. 다시 스쿼트를 반복하여 계속하다 보면 체중 관리, 비만 예방, 성조숙증에도 도움 될 것이라며 희망을 이야기한다.

행복은 거창한 것이 아니라 소소한 것에서 찾을 수 있지 않던가. 존재 그 자체로 기쁨을 느낄 수만 있다면 그것이 소중한 행복이 되는 것이리니.

오늘도 기분 좋은 공간에서 쾌적한 인간관계를 맺고, 다가드는 가을을 평온한 마음으로 맞을 수 있기를, 그리하여 행복이란 단어가 늘 맴돌 수 있기를 꿈꾼다.

즐거움 삼합

얼굴에 닿는 바람이 차갑다. 패딩 차림의 사람들이 거리를 장식한다. 울긋불긋 곱던 단풍은 어느새 잎을 다 쏟아버리고 앙상한 골격으로만 남아 알록달록한 장식 등을 매달고서 겨울나기에 든 것 같다.

입동이 지나면 김장철이 된다는 속담이 있다고 한다. 바야흐로 김장할 때가 되었다. 오늘은 김장하기로 정한 날이다. 팔공산이 보이는 텃밭에서 키운 배추와 무를, 지난 주말에 뽑아서 갈무리해 둔 집으로 향한다. 남자 셋 여자 둘, 집안 식구들이 역할을 분담하였다. 간 잘 맞추는 이는 소금으로 절이는 담당, 힘 좋은 이는 깨끗이 씻는 담당, 손맛 좋다고 소문난 이는 양념을 담당하였다. 팔뚝에 힘이 있는 이는 무채를 썰고, 가만히 앉아서 일하는 것을 좋아하는 아이는 갓을 다듬고, 실파 뿌리를 골라서 씻었다. 배추 속에 들어갈 김치 양념을 만들기 위해 찹쌀을 밥과 죽 중간쯤 되는 묽은 밥처럼 해서 고추 양념에 부어 비비고 마늘, 젓갈, 생새우, 굴과 홍시, 멸치 가루, 배와 기타 야채류를 넣고 혼합시킨다.

걸쭉한 반죽이라 팔의 근육 강화 훈련이 필요한 때다. 평소에 맛이 있다고 여겼던 양념들을 모두 골라 넣어 육수에 섞었다. 휘휘 저어 빛깔 좋은 양념을 만들어 즐거움을 버무려보기로 한다.

몇 달 전, 인근 카페에서 얻어 온 커피 찌꺼기로 두둑하게 거름을 준 검은빛의 텃밭에 햇살 좋은 날 배추 모종을 심었다. 직장을 마치고 퇴근하는 길에 거리에서 씨앗을 파는 할머니에게 무씨를 한 봉지 사서 가득 뿌렸다. 주말이 되어 시간이 될 때마다 갈증을 달래주는 물을 뿌리고 김을 매어 주며 자식처럼 가꾼 배추와 무, 무럭무럭 자라나서 텃밭을 지나는 이들에게도 부러운 눈빛을 가득 받았다.

날이 가고 달이 가니 배추는 속이 알맞게 차오르고 무는 종아리처럼 굵어져 갔다. "김장, 언제 하는가요? 제발 좀 뽑아서 갈무리해 주세요! 이슬이 내리니 너무 추워요." 와삭와삭 소리를 내는 배춧잎의 외침이 들리는 듯하여 날을 잡았다. 두 주일에 걸쳐서 가을걷이하고 이틀에 걸쳐 김장하기로 마음먹었다.

배추를 깨끗이 다듬고 밑동을 도려낸다. 무는 무청을 잘라서 베란다 줄에 옆으로 죽 걸어두고 시래기로 말라가는 것을 기대해 보리라. 소금과 물을 황금비율로 섞어서 휘휘 저어 간을 맞추고 배추를 담갔다가 꺼내어 커다란 함지박에 넣어 알맞게 절이기로 한다. 하룻밤이 지나고 배춧잎을 맛보니 간간하게 배었다. 이제는 깨끗이 씻어서 물을 빼야 할 차례다.

충분히 물이 빠지고, 커다란 테이블을 펴서 쪼그리고 앉는 대신에 서서 양념을 버무리기로 결정한다. 남자들의 힘을 빌려서 상을 차리고 쭉 둘러서서 김치 섞기로 돌입한다. 다음 차례로 여럿이서 커다란 김치 매트 위에다 배추를 놓고 양념을 버무리기 시작한다. 빨간 양념을 하얀 배춧잎 사이사이로 속속 밀어넣는다. 바깥 잎사귀를 끈처럼 둘러서 동여매어 알맞은 크기로 만들었다. 맛나게 익기를 바라며 모두가 정성을 다한다.

배추가 자라면서 우리에게 준 기쁨과 무가 굵어지면서 보여준 즐거움을 다시 새겨본다. 이들은 분명 맛으로 우리에게 보답할 것이란 확신을 하면서 자꾸만 팔뚝이 굵어지는 듯한 느낌을 참아가며 다들 저마다 김장하기에 몰두한다. 그러기를 세 시간 반, 이제 드디어 푯이파리 몇 장만 남았다. 김장

끝, 수육 먹는 타임의 시작을 알리는 시누이의 낭랑한 목소리가 꿈결처럼 들린다.

매번 김장할 때가 되면 너무 힘이 들어서 올해를 마지막으로 다음번에는 아예 사 먹어야지 생각하였다. 하지만, 막상 입동이 지나고 김장철이 다가오면 또다시 김치만은 내 손으로 담가서 아이들이며 식구들에게 주어야 하지 않을까 하는 마음이 들곤 한다. 게다가 날마다 무럭무럭 커가는 배추와 너풀너풀 싱싱한 잎을 달고 쑥쑥 자라 올라오는 무를 보면 그런 마음은 싹 가시고 모종을 심고 씨를 뿌려 텃밭을 가꾸게 된다. 봄이 되고 언 땅이 녹으면 또다시 팔을 걷어붙이고 밭일을 시작하게 되지 않을까 싶다.

김치는 그야말로 슈퍼 푸드다. 각종 무기질과 비타민이 풍부하다. 김치 1g에 1억~10억 마리의 유익균이 존재해 면역력을 증진하고 항염증 효과가 있어 콜레스테롤과 동맥경화 예방에도 좋고 항산화와 항암효과도 있다. 김치 재료 하나하나(11)가 모여 22가지의 효능을 낸다는 의미로 11월 22일은 '김치의 날'로 법정기념일이 되었다.

김장의 맛은 힘든 일을 끝내고 나서 먹는 수육과 굴과 겉절이다. 김치에 싱싱한 굴을 얹어 한입에 넣으니 세상의 모든 힘든 것들이 다 사라진다. 이런 즐거운 시간을 위해서 꼭 필요한 것은 바로 수육. 맥주를 넣어 흑돼지 목살을 오래오래 푹 곤, 도마 위에 놓고 활처럼 휜 칼로 쓱쓱 잘라서 먹는 수육이 침샘을 자극한다. 신선한 굴, 갓 무친 겉절이, 김이 무럭무럭 나는 수육이야말로 김장을 끝내고 하는 최고의 만찬인 김치 삼합, 바로 즐거움 삼합이지 않을까.

공들이는 하루가 되기를

쨍쨍한 태양 아래 수풀이 무성하다. 텃밭에는 잡초들 사이에서 꽃을 달고 있는 치커리가 눈에 확 띈다. 나무처럼 자라난 상추는 수박의 버팀목 역할을 하고 있다. 수박 넝쿨의 시작과 끝을 찾다가 나도 모르게 탄성을 질렀다. 가느다란 줄기에 수박이 조롱조롱 달려 있지 않은가. 동네 주민도 지나다닐 때마다 그 녀석의 크기를 가늠해 보고 있었다고 했다. “커피 찌꺼기를 뿌리고 풀을 뽑고 정성을 다하더니 드디어 결실이 있군요!” 큰 성공이라도 한 듯 부러워하는 표정이다.

무엇이라도 시도하는 자의 얼굴에는 생기가 넘치지 않던가. 그날이 그날 같은 일상일지라도 누군가에게 기쁨으로 다가서는 이들이 있어 하루가 늘 새롭다.

일전에 모임이 있어 인근 공원을 지나다가 한 무리의 낯

익은 얼굴을 만났다. 자세히 보니 내가 치료하는 아이들과 그의 부모들이었다. 반가워 달려오는 아이들과 어머니들, 그 조합이 궁금하여 물으니 "우리는 친구예요."라며 합창한다. 신체가 빨리 성숙하여 검사받으러 온 아이들이다. 치료차 온 병원에서 자주 만나다 보니 얼굴이 익게 되고, 또 서로 이야기를 나누다 보니 공감대가 형성되어 계모임으로 발전하였다고 했다. 짧게는 1, 2년, 길게는 3, 4년 되고, 일정한 간격으로 진료해야 하니 누구보다 더 가깝게 느껴졌으리라. 또래 아이들의 증상과 어머니들의 궁금증도 엇비슷할 터이다. 그러니 환상적인 조합 아니겠는가.

그들 중에는 치료를 끝내고 이제는 자연스레 커가는지 점검만 하는 이도 있지만, 그 모임에 빠지지 않고 선배로서 조언을 아끼지 않는다는 이도 있다. 긴 시간 병원에 오가며 아이들의 치료과정을 지켜보는 부모로서는 안타까운 때도 많았으리라. 때로는 아이가 주사를 겁내고 맞지 않으려 떼를 써서 힘들었던 경우도 있었을 것이다. 하지만, 시간이 흐름에 따라 익숙한 느낌으로 주사침을 무덤덤하게 바라보게 되었다고 한다. 이제는 아프지 않다고 하는 아이가 무럭무럭 성장했음에, 더러 행복감과 때로 대견함을 느끼기도 했으리라.

진료할 때마다 감사함을 전하는 한 어머니가 글을 보내

왔다.

극심한 슬럼프에 빠진 사람이 냇가를 거닐다 무심코 발밑을 내려다보니 개구리 한 마리가 불어난 물에 쓸려가지 않으려고 늘어진 버들가지를 향하여 온 힘을 다해 점프하고 있었다. 그렇지만 안타깝게도 가지가 높아 아무리 애를 써도 잡히지 않았다. 그런 개구리를 보고는 그 사람은 코웃음을 치며 말했다. '어리석은 개구리 같으니라고, 노력할 걸 노력해야지.' 그때 강한 바람이 휘몰아쳐서 버들가지가 휙 하고 개구리가 있는 쪽으로 휘어졌다. 마침내 개구리는 버들가지를 붙들고는 조금씩 올라갔다. 순간 그 사람은 큰 깨달음을 얻었다. "어리석은 건 개구리가 아니라 바로 나였구나! 한낱 미물에 불과한 개구리도 목숨을 다해 노력한 끝에 한 번의 우연을 행운으로 바꾸었거늘. 나는 저 개구리만큼 노력도 안 해 보고 이제껏 어찌 불만만 가득했단 말인가!"

사람에게는 세 가지 운이 있다고 한다. 바로 천운天運, 지운地運, 인운人運이라고. 천운은 하늘이 정해준 운으로, 내 부모가 누구라는 것, 내 성별이 남자 혹은 여자라는 것 등 바꿀 수 없는 운이다. 지운은 타고난 재능으로 그림이나 연기, 노래 등을 말한다. 인운은 사람 복을 가리킨다.

인생에서 어떤 사람을 만났고, 그 사람이 인생에 어떤 도움이라도 되었는지는 인운으로 정해진다. '운'이란 글자를,

180도 돌려서 읽으면 '공' 이 된다. 이는 '공' 을 지극하게 들여야만 '운' 이 찾아온다는 뜻으로 해석할 수 있다. 좋은 운을 바란다면 좋은 인연을 만나서 정성스레 공을 들여야 한다. 운이란 녀석은 제 발로 그냥 찾아오거나 굴러오는 것이 아닐 것이다. 운을 바란다면 스스로 공덕을 쌓아야만 하는 것이다. 부지런히 공을 쌓아 가다 보면 그 공은 절대 없어지지 않을 터이니. 그것이 쌓여서 좋은 인연을 만들고 그 인연이 좋은 운으로 연결되어 필요한 때에 반짝 기회로 찾아오지 않겠는가.

행운을 바란다면 열심히 최선의 노력을 다하고 주변의 사람들과 선한 관계를 맺으며 좋은 인연을 만들어 유지해야 할 일이다. 또 언제라도 걸맞은 실력을 갖추고 있어야만, '운' 이 좋은 기회를 제공할 수 있으리라 믿는다.

운이 좋아서 성공했다는 경우가 있을지도 모르지만, 모름지기 나름의 노력과 쌓인 실력 없이는 좋은 기회가 찾아오더라도 그냥 지나쳐버리거나 헛되어 흘러가 버리는 때도 있지 않겠는가. 운도 실력의 일부라고 하는 말이 있다. 오늘도 공들이는 하루가 되었으면, 아무쪼록 의지와 근성으로 좋은 기회를 살려내는 나날이 되기를.

맨발 걷기로 건강을

바람이 분다. 가을이 왔다. 지친 몸을 달래며 건강을 챙겨야 할 때다. 지인이 수술하였다는 소식이 써늘한 바람결에 들려왔다. 매년 시행하는 건강검진에서 위암이 발견되었다는 것이 아닌가. 산행도, 맛난 것도 자주 먹으러 다니던 그이였기에 수술대에 오른 모습이 상상이 잘 되지 않는다. 낙천적인 성격에 모범적인 식습관을 가졌던 사람, 누구보다 건강하게 살 것이라고 자신하던, 철인 같던 그가 아니었던가. 일찍 발견하였고 단계가 높지 않다고 하니 그나마 다행이지 않은가. 그가 밝은 모습으로 귀환하기를 바라며 평소 그가 하던 건강학을 떠올린다.

건강에 해박하던 학자, 여러 가지 가르쳐주던 것 중에서도 맨발 걷기 강의가 우렁찬 목소리에 실려 들려오는 것 같다. 건강에 어떤 효과가 있었다고 하였던가? 맨발 걷기는 다이어트에 좋다고 하였다. 실제로 신발을 신고 걷는 것보다 맨발로 걸을 때 체중감량 효과가 더 크다고. 맨발 그룹과 운동화 그룹으로 나뉘어 각자 30분간 걷게 한 후 몸의 변화를 살펴봤더니, 맨발 그룹이 운동화 그룹에 비해 다이어트 효과가 훨씬 컸다고 강조하였다. 맨발 그룹이 복부둘레가 더 많이 줄었다고도 하였다. 맨발로 걸으면 발바닥에 분포한 신경 반사구, 림프 체계, 신경 말단을 자극해 혈액순환을 증가시키고, 근육을 더 많이 사용해 운동 효과가 커지기 때문이라며 우울한 사람도 맨발 걷기를 하고 나면 치료에 크게 도움이 된다니. 누구든 시간이 나면 한 번쯤 따라나서 볼 만하지 않은가.

코끝에 전해오는 흙냄새를 맡으며 아름다운 숲길을 맨발로 걸으면 우리의 여러 가지 감각기관이 자극받아 불안감과 우울감 등도 좋아질 것 같다. 좋은 사람들과 숲의 풍경을 보고 맑은 공기를 마셔가며 이야기 나누고 햇볕을 쬐면서 걸으면 그 시간이 어찌 즐겁고 행복하지 않겠는가. 행복 호르몬이라고 불리는 세로토닌도 분비가 늘어날 것이니 저절로 행복감에 젖고 마음도 평온해지리라.

그는 가끔 등산할 때도 맨발로 저만치 앞에 서서 뒤로 걷기를 시도하기도 하였다. 기분도 더 좋고 운동 효과도 더 좋아져서 체중 감소가 더 많이 될 것이라는 표정으로 걸었다. 부지런히 뒷다리의 근육을 당기면서 맨발 걷기를 한껏 즐겼으니 그렇게 다이어트 효과가 높아졌을까. 체질량 검사를 하면 늘 '적정'이거나 '날씬' 상태를 유지하였다. 마지막으로 만났을 때 그의 건강점수도 양호하였다.

모 대학의 스포츠의학과 연구팀은 30분 뒤로 걸을 때 에너지 소비량과 근육 활동량이 앞으로 걸을 때보다 1.5~2배 정도 높았다고 밝혔다. 종아리 근육을 매끈하게 만들고 싶을 때도 뒤로 걸으면 효과적이라고 한다. 앞으로 걸을 때는 종아리 앞쪽 근육을 주로 쓰지만, 뒤쪽으로 걸으면 종아리 뒤쪽 근육을 많이 움직여 스트레칭 효과가 발생하기 때문이라고.

대전 계족산 황톳길을 다녀온 병원 직원은 걸으면서 너무 행복하였다고 전한다. 부드러운 흙을 걷고 나니 발바닥이 아기처럼 보드라워져서 만지고 또 만지며 감탄하였다는 것이 아닌가. 닭의 발을 닮은 산이라서 '계족산'이라 이름 붙었다고 설명하는 모습에서도 맨발 걷기 애호가로서의 뿌듯함이 듬뿍 전해진다.

고통 없이 얻는 것은 없다. 어느 정도의 고통이 따라야 그것을 얻었을 때 비로소 가치를 알 수 있지 않겠는가. 고통 후에 귀하게 이루게 된 결과에 대해서는 감사할 줄 알고 늘

고맙게 생각하며 소중하게 대해야 한다. 배움에는 끝이 없다는 말도 있지 않던가. 건강을 지키는 법, 내 마음을 챙기는 법을 잘 배워가면서 자연의 섭리에 따라 물 흐르듯이 살아가야 하리라. 열심히 준비하고 노력하는 만큼 우리 몸은 주인의 마음대로 따라와 줄 것이니.

4부

매력적인
사람들

항암 배추

태풍이 무서운 속도로 상륙할 것이라는 예보가 전국에 팽팽한 긴장감을 몰고 온 날이었다. 비가 내리고 바람도 불어대지만, 날을 정했다. 배추를 심기로 한 것이다. 모종을 사 들고 시골집으로 차를 몰았다. 가는 길에 시장에 들러 씨앗 가게 할아버지께서 권하시는 대로 항암 배추와 불암 3호를 샀다. 자그마한 텃밭에 어울릴 정도로 반반씩 담은 봉지를 들고서 핸들을 꽉 잡고 바람을 살피며 달려갔다.

항암 배추라. 샛노랗게 속이 차고 뿌리도 노란색이 된다고 한다. 배추가 암을 억제한다니 얼마나 신기한가. '식약동원', 음식과 약은 그 뿌리가 같다고 하지 않던가. 맛보다 기운을 중시하면 약이고 기운보다 맛을 중시하면 식품이라는 이야기다.

> 세계에서 가장 고귀한 음식을 만들고 있는 곳은 뉴욕도, 코펜하겐도 아니다. 대한민국 외진 암자에 있는 비구니 스님 한 명이 경이로운 채식 요리를 선보이고 있다. 이 스님은 레스토랑을 운영하지도 않는다. 하지만 미셸 브라, 알랭 파사르 등과 같은 반열에 든 세계적인 셰프다.

뉴욕타임스의 기사가 눈길을 끈다.

"오이를 요리할 때 나는 오이가 된다. 완성된 요리와 재료 사이에서 어떤 거리감도 느껴져서는 안 된다." 백양사 천진암 주지인 정관 스님은 이런 말로 서구 셰프들을 깜짝 놀라게 했다.

자그마한 몸집을 한 스님의 영상도 인기다. 그들이 유독 관심을 보인 건 사찰에서 행하는 스님들 식사법인 발우공양이었다. 식사가 단순히 음식을 먹는 행위만이 아니라 음식의 기원에 대해 생각하고 음식을 제공해 준 자연과 사람들에게 감사하는 행위라는 걸 알려줬다.

정관 스님이 김장하는 동영상은 조회 수가 엄청나다. 특히 전통을 중시하는 이들의 방문이 줄을 잇는다고 한다. 나도 그것이 늘 머릿속에 남아 있어서 태풍 소식이 들려도 가족이 먹을 김치를 생각하며 정성을 다해 배추 모종을 꼭꼭 눌러 심었다. 어린 모종들이 아무 탈 없이 잎을 피우고 햇살을 받으리라. 바람을 이겨내고 태풍을 견뎌내며 속을 채우리라. 천 개의 이파리로 겹겹이 가을바람에 익어가면 뽑아내 우리의 가을을 준비하리라.

배추의 학명은 Brassica rapa이다. Brassica는 켈트어의 '양배추(Bresic)' 에서 유래되었다는 설과 그리스어의 '삶는다(Brasso)' 에서 유래되었다는 설이 있다. rapa는 그리스어의 'rapus' 또는 켈트어의 'rab' 에서 유래되었다고 하며 그 의미는 '치료' 라고 한다. 이같이 학명 자체에 치료의 의미가 함유되어 있는 배추는, 최초로 우리나라에 들어와서는 약재로 사용될 정도의 건강 기능성 식품이었다.

배추가 만드는 대표적인 음식은 김치다. 그것은 미슐랭 스타들도 열을 올리는, 이미 세계적인 음식이 되었다. 배추는 식이섬유소를 많이 포함하고 있어 변비와 대장암 예방에도 효과가 있다. 칼슘, 칼륨, 인 등의 무기질과 비타민 C, D가 풍부해서 감기 예방과 치료, 뼈에도 좋다.

배추는 김치 말고도 다양하게 먹을 수 있다. 다듬고 남은 겉대는 우거지가 되어 국을 끓여 먹거나 볶을 수도 있고 무쳐 먹을 수도 있다. 쌈으로 먹어도 좋고 국물에 넣으면 달큰하고 구수한 맛을 낸다. 배추겉절이는 별미다. 배춧잎을 통째로 넣어 전으로 부치는 배추전은 외국인들이 선호하는 음식이다.

근래에는 알배추를 이용한 밀푀유-나베라는 요리가 유행하고 있다. 밀푀유mille-feuilles는 프랑스어로 '천 겹(thousand sheets)', '천 개의 이파리(thousand leaves)'라는 뜻으로, 원래는 맛있는 파이가 여러 겹을 이루는 페이스트리 디저트를 말한다.

일본어로 '냄비'라는 뜻의 나베를 합친 말로 배추와 얇게 썬 고기를 번갈아 가며 겹겹이 쌓은 다음 한입 크기로 썰어 냄비에 단면이 보이도록 겹치고 육수를 부어 끓여 먹는 일종의 전골 요리이다. 따끈한 국물이 생각나는 겨울철에 한번 도전해 보면 좋을 듯싶다.

맛있는 배추를 잘 고르려면 배춧잎의 두께와 둘레, 속의 잎을 잘 살펴봐야 하는데, 잎의 두께와 잎맥이 얇아서 부드러운 것이 좋다. 또 들어봤을 때 묵직한 느낌이 들고, 겉잎은 거의 푸르며, 속잎을 먹어봤을 때 달고 고소한 배추가 품질이 우수하다.

배추의 미감은 아삭아삭하게 씹히는 맛에 달큼함이 입안에서 감도는 것 아닐까. "조그마한 배추씨 하나가 땅의 힘을 빌리고, 햇빛과 바람과 구름과 또 사람의 에너지를 통해서 배추김치라는 먹을거리가 탄생되고, 이것이 새로운 세상을 만났으니 창조"라고 하는 김치 달인의 말씀을 들으며, 겨우내 김치로 풍족해질 것을 생각하니 고단함도, 태풍의 위협도 다

사라지는 것 같다.

건강 채소 배추, 우리의 몸과 마음을 언제나 따뜻하게 어루만져 주는 치료제가 되었으면.

매력적인 사람들

청명한 하늘, 황금 들녘이 펼쳐진다. 살살이꽃이 가을의 고요함을 깨운다. 바쁜 일상에서도 잠시 멈추어 내면의 소리를 들으며 자신을 위해 소소한 기쁨을 느낄 거리를 마련하여 꾸준하게 즐겨하면 좋지 않을까.

개원한 지 삼 년째다. 병원이 자리한 시장 주변 분들과 얼굴 익혀 친하게 지내는 이들이 늘어간다. 마주치는 이웃들, 그분들 모두 나의 스승이라는 생각이 들어 날마다 반갑게 인사를 건넨다.

병원 드나드는 사람을 감동하게 만드는 노부부가 있다. 너무나 매력적이라고 다들 입을 모은다. 그분들은 길가 좌판에서 이른 새벽부터 저녁 늦게까지 일한다. 근무하는 시간과 요일과 일기가 따로 있고 또 그것을 충실하게 지킨다.

몇 시간 전에 일찍 출근하여 환자들을 위해 미리 준비한다고 나름대로 부산을 떨지만, 늘 그 부부가 먼저 자리를 잡아서 그날 팔아야 할 물건들을 가지런히 펼쳐 놓고 숨을 고른다. 그분들의 근면함이 존경스럽기도 하고 한편 부럽기도 하고 은근히 경쟁심이 발동한다.

근무 날과 시간도 우리 병원의 그것과 비슷하게 돌아간다. 월요일과 일요일, 공휴일은 쉬는 스케줄, 주 5일제다. 비가 오는 날이면 그분들은 깔끔하게 쉰다. 아침에 일기예보를 듣다 보면 나는 마음속으로 할아버지네는 오늘 나오시지 않겠군! 하는 생각이 들 정도로 근무 시간과 조건을 지킨다.

아침, 고요함에 조용히 좌판을 깔아서 아끼는 채소들을 나풀나풀 펼쳐 놓고 그림처럼 앉아서 잠시 쉬는 그들의 모습, 한 폭의 그림처럼 다가온다. 좁은 길목을 지나면서 인사하면 언제나 반가운 목소리로 답해주는 분들, 하루를 시작하며 올리는 경건한 기도문처럼 느껴진다. 쉬는 날에는 그 자리를 다른 정해진 이에게 넘겨주는 그분들. 루틴이 있는 길가의 삶의 누구보다 성실하고 맑게 느껴져 우러러 존경할 대상으로 자리 잡았다.

바닷가에 있는 매끈한 조약돌을 다듬는 것은 거친 정이나 끌 같은 도구가 아니라 날마다 말없이 쓰다듬어 주는 파도의 손길이지 않던가. 매력적인 사람들은 부드럽게 우리의 이목을 집중한다. 늘 밝은 표정을 짓기에 보는 이로 하여 기분 좋게 한다. 웃음은 자신도 즐겁고 또 나를 마주하는 상대방도 행복하게 만들지 않는가. 누군가와 말할 때 눈을 맞추고 경청하고 있음을 보여주는 간단한 행동이 호감을 높이고 쉽게 친근감이 생기게 만들어 손님을 끌어당기는 것 같다.

언제 감정을 조절하고 표현해야 하는지 모두 다 꿰뚫고 계시는 분들, 조급해하지 않고 여유가 있고 자신감이 가득하다. 항상 그 모습 그대로 한결같다. 부드러운 목소리와 긍정적인 마음가짐으로 상대를 가르치려 들지 않고도 무엇인가 성장을 도와주는 그들, 삶의 큰 스승을 만난 듯 날마다 감동한다.

매력 있는 사람들은 잘 듣고 말하고 기억하고 존중하는 모습을 보여준다. 받아들이는 연습이 된 이들, 항상 배움의 자세를 가지고 있다. 주변의 사람들을 칭찬하고 감정을 잘 조절하는 인생의 고수들이 하루를 즐겁게 한다. 때로는 감정을 거슬리게 하는 이들을 만날 때라도 워워~! 나지막하게 뱉고는 다시 웃음 짓는 이들, 다른 사람의 감정을 해치지 않고 잘 어울려 살아가는 달인들과 함께라 마음이 따뜻해진다.

가을 아침을 살아서 맞는 일은 기적이라던 시가 떠오른

다. 우리가 삶을 두 번 살 수 있을까? 두 번째 삶이 주어질 때, 다시 같은 실수를 저지르지 않고 순조롭게 살아갈 수 있을까? 똑같은 삶을 다시 살게 되더라도 실수는 되풀이할 수 있을 터이다. 그나저나 연보랏빛 개미취가 한창인 가을이 깊어져 간다. 지금, 이 찰나의 삶을 날마다 분별 있게, 후회하지 않도록 최선을 다해야 하리라.

면역에 진 빛

물들었던 은행나무도 앙상한 가지로 찬 바람을 맞고 있다. 추수 끝낸 들판도 허허로운 자태를 드러낸다. 모두 비우고 다시 채울 준비의 시간이라 여유롭다.

지인의 권유로 세종 수목원을 방문하였다. 세종이라는 도시가 생긴 지도 꽤 되었건만, 가 본 적은 없어 흥미가 일었다. 도시 이미지가 나의 상상과 딱 맞게 깔끔하였다. 거대한 주차장을 지닌 국립수목원 입구에서 만난 가족들은 아이를 둘씩, 셋씩 데리고 나타나 행복한 웃음을 띠는 모습이었다. 아이들이 유난히 많아서 보니 수목원의 입장료가 무척 착하고 다문화가정과 다자녀 할인이 꽤 많다.

수목원 곳곳에 아이들이 좋아할 것들이 있어 사진 찍기에도 좋았다. 특별전시관인 피터 래빗의 비밀정원은 동화의 세계로 빠져들어 환상적인 경험을 하게 한다. 세종대왕께서 각각의 언어로 놀고 있는 아이들을 보시면 흐뭇한 미소를 지으실 것 같다. 한국 전통 정원은 궁궐의 연못과 정자를 옮겨 놓은 듯 아담하고 고요하다.

수목원에서는 사계절을 다 느낄 수 있다. 온대 정원, 열대 정원, 지중해 정원. 영화 〈아바타〉가 겹치다가 스페인의 그라나다가 나타나기도 한다. 또 바오바브나무를 보면서 어린 왕자의 모습을 회상하며 사람들은 바쁜 걸음을 멈추고 과거로 달려가는 듯하다. 보고 듣고 냄새 맡으며 아이도 어른도 겨울의 길목에서 추억을 저장하느라 바쁘다. 모두 누군가의 험하고 힘든 노동 덕분에 이루어진 작품들이기에 더욱 애틋하게 다가온다.

만지면 바싹거릴 듯한 부겐빌레아꽃을 보면서 한 관광객이 속삭인다. "저게 '종이꽃' 이지? 나도 아는 꽃이 있네." 천진하게 웃는 모습이 아이 같아 덩달아 웃었다.

가끔 쿨럭이는 소리가 들려온다. 감기인가? 독감인가? 코로나인가? 해가 짧아지기 시작하면서 호흡기 감염이 기승을 부리고 있다. 시간 맞춰 진료받고 주사 맞아야 하는 예약 환자들의 노쇼가 잦다. 반 아이들 절반이 독감으로 결석하였고 자신도 독감 확진을 받았다는 전화가 이어진다.

코로나로 인해 마스크를 했던 우리는 면역에 빚을 지고 있다. 면역을 키울 기회가 없었다. 그렇기에 마스크 없이 지내면, 자칫하면 호흡기 감염이 중한 형태로 되어 오래 앓을 수도 있다. 독감이 폐렴으로 이어져 장기간 입원하는 아이도 꽤 된다. 오랜만에 나타난 한 아이는 몸무게가 6킬로나 줄어서 왔다. 다이어트 하였는지 물었더니 독감에 걸려 고열에 시달리며 먹지 못해 그렇게 되었다는 것이 아닌가.

우리 몸을 보호하기 위한 최선의 선택은 무엇일까? 바로 기본에 충실히 하는 것이리라. 골고루 먹고 편식하지 않기, 육해공에서 나는 음식 모두 잘 먹기, 손 깨끗이 잘 씻기, 정신적으로 스트레스 받지 않기, 체력에 무리하지 않기다. 거기에 하나 덧붙인다면 우리가 시원하게 벗어 던졌던 마스크를 겨울만이라도 쓰고 따스하게 보호하면 널뛰기하는 기온의 차이를 잘 이겨내어 나의 몸도 남의 건강 보호에도 도움이 되지 않으랴 싶다.

김치도 김밥도 맛있게 잘 먹으면 치료제라고 하지 않던가. 건강 채소 배추로 골고루 양념을 버무려 만들어 정성이 담긴 김치, 갖가지 채소가 들어간 하나로 완전식품이 된 우리의 김밥, 정갈한 물 한 잔이라도 곁들여 맛있게 먹는다면 그 한 끼는 우리의 몸과 마음을 언제나 따뜻하게 어루만져 주는 치료제가 되어 생활에 긍정적인 힘과 용기를 듬뿍 주지 않으랴.

한 해의 마무리가 다가오는 즈음, 우리가 바라는 것이 있다면, 그것은 날마다 자신의 의지대로 행복하고 건강한 삶을 만들어나가는 것이 아니겠는가.

잘 자야 잘 산다

새로운 해가 솟아오른다. 온 세상이 환하다. 기분 좋게 자고 일어난 사람만이 느낄 수 있는 상쾌한 아침이다.

요즘 수면 장애를 겪는 이들이 많다. 나이 들어가면서는 자연스러운 현상이기도 하지만, 자라나는 아이들도 잠들기 어려워한다. 조그만 소리에도 자주 깨고 다시 잠들기도 힘들어하며 뒤척이다 보니 수면 부족으로 낮에는 비몽사몽이라며 약 처방을 원하는 이들도 꽤 많다.

잠을 잘 자야만 키가 잘 큰다. 성장호르몬은 깊은 수면에 들었을 때 파도치듯 분출되기 때문이다. 잠들기 습관이 제대로 잡혀있지 않은 아이들은 키도 잘 자라지 않아 부모 속을 태운다.

『미라클 베드타임』을 쓴 김연수 작가는 “아이의 잠자는 시간이 습관과 태도를 결정한다."며 잠을 강조한다. 일찍 규칙적으로 자는 단순한 일상이 스스로 하는 힘을 길러준다. 김 작가는 취침 습관으로 아이와 가족의 삶을 바꾸는 법을 알려주는 육아 멘토다. 세 아이가 초등학생 시절 밤 9시면 아이들을 재우는 생활을 지속한 경험이 바탕이 됐다.

대학교수로 일하며 아이를 키우던 15년 전, 그는 늘 시간과 체력이 부족했다. 살기 위해 아이들 자는 시간을 앞당기고, 철저히 지켰다. 그러자 가족의 삶이 변하기 시작했다. 아침이면 깨우지 않아도 기분 좋게 일어나 알아서 자기 할 일을 했다. 늘 시간에 쫓기던 그는 여유를 얻었고, 덕분에 잔소리도 줄었다. 그가 너그러워지자, 아이와 남편도 달라졌다고 한다. 취침 습관이 선순환을 만들었다. 김 작가는 이를 '미라클 베드타임, 기적의 취침 습관'이라 부르며 그 가치를 알리기 시작했다. 책을 쓰고, 코칭 프로그램도 운영하며 엄마와 아이들을 돕고 있다.

아이가 잠들고 나서 육아가 마무리되는 것, 그것은 모든 양육자의 소원일 터이지만, 바쁜 요즘 아이들은 일찍 자기가 말처럼 쉽지 않다. 규칙적으로 일찍 잔다고 해도 스스로 할 일을 제시간에 다 할 수 있는 건 아니다. 취침 습관으로 주도적인 생활 태도, 나아가 학습 태도까지 만들 수 있다는 김연

수 작가는 9시에 자느냐, 10시에 자느냐는 부차적인 문제라고 했다. 일찍 자야 성공한다더니 무슨 말이야? 그는 취침 시간보다 중요한 게 있다고 했다. 자기 전 무엇을 하는지가 중요하다고. 아이의 오후, 저녁 일과가 지나치게 빡빡하면 일찍 자기 어렵기 때문이다.

단순한 삶이라는 것은 저녁 식사 시간과 취침 시간을 정하고, 그사이 일과를 규칙적이고 여유롭게 보내는 게 핵심이라고 말한다. 아이가 안정감과 편안함을 느낄 수 있도록 하면서 말이다. 아이가 어릴 때 그의 저녁 일과를 들어보면 단순한 삶에 대한 감이 잡힌다. 아이가 귀가하면 좀 쉬었다가 오후 5시 30분쯤 저녁을, 될 수 있는 한 일찍 먹었다고 한다. 저녁이 늦어지면 취침 전에 해야 할 일도 늦게 끝나게 되니까.

식사가 끝나면 거실에 모여서 각자 놀이든 공부든 자기 일을 자유롭게 하도록 했다. 1시간 30분간 각자의 일을 하고, 아이 아빠가 퇴근해서 저녁을 먹으면 그때 다 같이 과일을 먹고 씻은 뒤 저녁 8시부터 차분한 분위기에서 잘 준비를 시작했다고 한다. 책 읽고, 잠자리 대화도 하면서.

잠을 어떻게 자느냐는 매우 중요하다. 잠에 못 들어 뒤척이는 이들에게 다시금 꿀잠이 찾아오게 하는 방법은 뭘까. 김 작가는 단순한 삶이야말로 일관된 취침 습관을 갖기 위해 필요한 첫 번째 조건이라고 했다. 그러니 미라클 베드타임을 위해서는 단순하게 살아가기가 무엇보다 중요하지 않겠는가.

학문의 즐거움

따가운 햇볕이 내리쬐는 길을 지나 붉은 소나무가 숲을 이루고 있는 한적한 공간에 들어선다. 솔바람이 시원하게 불어와 더위에 지친 땀을 식혀준다. 서늘한 기운까지 몸으로 느껴져 어느덧 마음마저 차분해진다.

학문하는 즐거움에 빠져 일평생 살다 가는 것을 크나큰 행복으로 생각하는 일본 교수의 책을 다시 펼친다. 20여 년 전에 발행되었던 책이 요즘 다시 각광을 받고 있다. 며칠 전 수학계의 노벨상이라 불리는 필즈상을 수상한 한국인 수학자, 허준이 교수의 이야기가 전해지면서 일반인에게도 수학이 더욱 친근하게 다가든 것 같다.

오래전, 수학을 좋아하던 아들이 사서 줄을 그어가며 읽고 또 읽던 책은 『학문의 즐거움』이었다. 그것을 소나무 그늘에서 다시 읽어 보고 싶어 찾아보니, 아무리 뒤져도 집에는 없다. 인터넷 서점에 들어가 보니 책의 띠지가 완전 새롭게 바뀌어 있다. 2022 필즈상 수상 허준이 교수를 수학자의 길로 이끈 책, 히로나카 헤이스케의 국내 유일 출간 책, 번쩍이는 띠지를 두르고 책이 빙글빙글 돌면서 눈을 유혹한다. 즐겁게 공부하다 인생에도 도통해 버린 어느 늦깎이 수학자의 인생 이야기, 서울대 지원자가 가장 많이 읽은 책이라는 달콤한 문구와 함께 화면에서 보이는 책이 빛을 발한다. 학문의 즐거움을 느껴보고자 하는 이들의 마음을 자꾸 끌어당긴다. 마우스를 클릭하여 장바구니에 담지 않을 수 없다. 지금, 이 순간에는 하고 싶은 일에 매진하면서 삶의 진정한 아름다움을 느껴보고 싶어서이다.

『학문의 즐거움』은 일본 수학자로 하버드 교수이자 수학의 노벨상이라 불리는 필즈상을 수상한 히로나카 헤이스케의 자서전이다. 그는 할 수 있는 건 노력과 끈기뿐이라고 겸손해하면서 담백하게 자신의 생각을 적어 내려갔다. 세계적 지휘자 오자와 세이지가 친구라며 그도 고교 때 피아노를 전공하려고 했다니, 음악과 수학은 밀접한 관련이 있나 보다.

저자는 자신의 수학에 대한 능력을 평범한 사람의 것이라고 스스로 말한다. 그는 학문의 길에서 만난 많은 천재를 접하면서도 "그들은 천재이고 난 평범한 사람이니까."라고 하면서 묵묵히 자신의 길을 걸어간다. 그는 천재들이 노력한 두 배만큼의 시간과 노력을 기울일 마음의 준비를 항상 갖고 있었으며, 그 의지와 끈기는 결국 여느 천재들이 받아보지 못한 수학의 노벨상인 필즈상의 수상 영예를 그에게 안겨 준다.

창조하려면 먼저 배워야 한다. 깊이 생각하라. 끝까지 해내는 것이 중요하다. 역경을 반가워하자. 호황도 좋고 불황도 좋다. 하고 싶은 것을 하자. 문제와 함께 잠자라. 나의 재산은 끈기다. 위대한 수학자는 끊임없이 알려준다. 지혜의 깊이는 공부를 통해서만 비로소 얻을 수 있다. 공부를 하지 않는 사람의 두뇌는 인간 특유의 폭넓은 사고의 훈련을 받지 않았기 때문에 깊이 생각하는 힘, 바로 지혜의 깊이가 키워지지 않는다고 강조한다.

한 인간의 진정한 가치는 역경에 처했을 때 어떻게 대처해 나가는가 하는 데서 나타난다. 위대한 인물은 반드시 한 번쯤은 고난의 시기를 거치며, 그 어려운 시기를 이겨냄으로써 희망의 빛을 맞게 되는 것. 수학을 연구하는 데 있어서 저자는 끈기를 신조로 삼고 있다. 문제를 해결하기까지에는 남보다 더 시간이 걸리지만 끝까지 관철하는 끈기는 뒤지지 않는다고 생각한다. 다른 사람이 한 시간에 해치우는 것을 두 시간이 걸리거나, 또 다른 사람이 1년에 하는 일을 2년이 걸리더라도 결국 하고야 만다. 시간이 얼마나 걸리는가 하는 것보다는 끝까지 해내는 것이 더 중요하다고 여기는 것이 바로 평범함과 위대함의 차이 아니겠는가.

끈기야말로 삶의 지표가 아닐까. 끈기 있게 사는 삶이 진정한 성취를 이루는 지름길이리라. 특단의 조치가 필요한 것이 아니라 마무리가 될 때까지 끈기를 가지고 지속하는 힘이 중요하다는 생각이다. 학문이란 진정 즐거운 것임을 히로나카 헤이스케 교수가 쓴 책을 통해서 알아가는 사람들이 늘고 있는 것 같다.

허준이 교수는 조언한다. 마음을 여유롭게 가지고 천천히 한 발짝 한 발짝 차근차근 걸어 나가면 모두 좋은 결과 있을 거라 믿는다고. 어떤 어려움이 닥치더라도 끈기와 인내로 학문의 즐거움을 느끼면서 한 발짝씩 앞으로 나아갈 수 있기를, 수학이 제일 평범했다는 필즈상 수상자처럼.

추석이 지나고

둥근달을 그리며 밖을 나선다. 쌀쌀한 기운이 살갗에 전해진다. 하늘은 어느새 보랏빛으로 물들어 있다. 보고픈 얼굴들이 달 속에서 웃는다. 반짝이는 별과 은은한 달빛이 그리움을 더한다. 나의 생에 빛을 더해주던 분들의 사랑이 간절하다.

추석 당일 당번 근무를 하였다. 오후 2시부터 6시까지라니 아침 일찍 서두르면 가능하겠다고 여겼다. 얼른 집안 명절일을 끝내고 병원으로 나갔다. 12시가 지나자 아픈 이들이 밀어닥쳤다. 전화기도 울어대기 시작한다. 북새통이 예견되었다. 진료실 문을 열어 진찰에 들어갔다. 쉴 새 없이 아픈 아이들이 밀려온다. 진료 대기 창엔 끝이 보이지 않는다. 어찌 그리도 아픈 아이들이 많은지, 각각의 사연은 다르지만 나름대로 모두 긴박한 경우들이다.

할아버지 산소에 갔다가 벌에 쏘여 눈두덩이 부어 앞이 보이지 않아 우는 아이, 손목 부근이 모기에 여러 번 물려 손등까지 부기가 전해져 터질듯한 손가락으로 내원한 아동, 고열로 밤새 고생하고 먹지 못해 축 늘어져 병원을 찾아 헤매었다면서 한 시간 반이나 운전해서 오는 거리도 감사하며 왔다는 환자, 코로나 증상 같지만 숨이 차고 전신이 아파 곧 죽을 것 같아 병원 문 연 곳을 수소문하여 찾아왔다는 어르신, 차례 준비하느라 돌보지 못한 아들이 설사를 해대어 아무것도 먹지 못한다며 눈물을 글썽이는 아이 엄마. 모두 신경 써서 돌보아 주어야 할 이들이다.

아무리 빠르게 진찰하고 처방을 내어도 밀려드는 환자를 단시간에 해결하기는 어려우니 아픈 몸으로 기다리는 심정은 얼마나 더 안타깝고 야속하겠는가. 코를 박고 진료하다 보니 어느새 해는 뉘엿뉘엿 넘어가고 있다. 마감 시간은 훌쩍 지나 버리고 점심은커녕 물도 한 모금 입에 대지 못하였다. 그제야 화장실이 너무나 급한 것이 느껴졌다. 직원들의 얼굴은 허옇게 떠서 서로 말 한마디 건넬 기운도 없는 것으로 보였다.

봉사하는 마음을 갖는 것은 원래 힘든 일이라며 그들을 위로하였다. 누군가 요기라도 하라면서 사다 놓은 햄버거 봉투가 눈에 들어온다. 열어보니 빵은 따스한 기운이 물기로 되었던지 불은 채 굳어가고 있고 감자튀김은 딱딱하게 굳어 있었다. 전화기를 보니 부재중 통화가 138건이나 되었다. 얼마나 다급한 이들이 많았으면 바빠서 받지도 못하는 전화를 그리도 많이 해대었을까.

어쩔 수 없는 상황에서 화내지 않고 너그러운 마음으로 상대를 편하게 해주려 노력하던 이웃과 병원 식구들이 고맙다. 서로 배려하는 마음이 넉넉하였기에 두세 시간씩 기다린 끝에 진료받아도 감사하다는 인사를 몇 번씩이나 잊지 않고 하면서 뒤돌아가는 선량한 이들에게 도리어 감사 인사를 꼭 드리고 싶다. 남에 대한 배려심이 곧 나의 행복으로 이어지지 않겠는가.

멀리 영천에서 아이가 아파 119에 전화하여 문 연 병원을 찾아서 왔다는 아이 아빠는 오늘 밤 안으로 진료해 주기만 해도 감사하다며 느긋한 자세로 기다리고 있었다고 한다. 얼마나 신실한 대장부의 자세인가. 아픈 아이의 머리를 짚어가며 타들어 가는 속마음을 밖으로 드러내지 않고 하는 배려, 그분에게는 존경심마저 일었다. 배려는 당장 실천하고자 노력하지 않으면 어렵지 않은가. 힘에 부쳤던 날이었지만, 시장한 배를 채우면서 재미있는 이야기를 들려주듯이 우리 직원이 전해주는 한 분 한 분 사연을 들으니 흐릿하던 마음이 쾌청해진다.

퇴근길에 둥그렇게 떠오른 달을 마주한다. 둥근달을 보면서 소원을 빌 이들의 얼굴이 떠오른다. 문득 달 떠 올 때까지 골목길에 주저없아 생각한다는 나태주 시인의 시 「추석 지나 저녁때」가 생각난다.

자신이 날마다 행복하기 위해서는 꼭 해야만 하는 유쾌하지 않은 일이나 어려운 일이 있으면 애써 하면서 타인의 하루를 즐겁게 만들라고 하는 이를 만난 적이 있다. 슬픔이나 분노 따위의 갖가지 감정을 우리는 매일 겪지 않았던가. 그렇기에 우리는 현재 우리가 가진 것과 타고난 성격을 있는 그대로 받아들이면서 기회가 있을 때마다 삶을 즐기고 행복감을 느낄 줄 아는 자세가 필요할 것 같다.

어떠한 환경에서도 이를 목표로 삼아 노력하다 보면 행복한 저녁이 찾아오지 않으랴. 부지런히 몸을 움직이며 타인에게 조금이라도 감사한 마음을 가질 때 행복은 찾아오리라. 세상은 감사하는 자의 것일 터이니.

하고로모

동영상 인사를 주고받으며 시작한 새해가 벌써 한 주 지났다. 여백 가득한 다이어리가 자칫 급해지려는 마음을 조금은 여유롭게 해준다. 날마다 새로운 날들은 모습을 바꾸며 찾아올 터이니, 새해에 마음먹은 것들이 어느새 작심삼일이 되었더라도 너무 실망하진 말지어다. 마음을 잡고 계획을 수정해 가면서 차근차근 실행해 나간다면 그것도 의미 있는 일이지 않겠는가. 달력을 넘겨 보니 다음 달에 우리의 설날이 들어있다. 어기지 않을 결심을 다시 잘해보아야지 마음먹으며 여유를 찾는다.

코로나19가 생기고부터는 외국에 나가 있는 아들들이 부쩍 걱정되었다. 주말마다 아들네와 영상으로 통화를 하며 서로의 근황을 확인하는 일이 은근히 기대된다. 낮과 밤이 정반대인 시간대에서 살다 보니 일요일 아침이 그래도 제일 마음 느긋해진다. 편리한 문명의 이기로 커다란 화면에 아이들 얼굴이 보이면 일주일 동안 있었던 이야기를 전한다. 감명 깊었던 일들, 깜짝 놀라게 했던 사건들, 마음에 들었던 뉴스 등을 전하다가 수학 공부 이야기로 옮겨가게 되었다. 주말 기사에서 본 한국인 수학자의 이야기가 참 가슴에 남아 생각나는 대로 읊어 주었다. 수학 포기자에서 천재 수학자로 인정받았던 39살의 프린스턴 대학교수 인터뷰 기사를 꺼내니, 아이는 그 교수의 강의를 들으러 갔던 적이 있다면서 반색한다. 미국에서도 여러 차례 인터뷰하였고 큰 화젯거리가 되었던 적이 있었다면서.

그는 어렸을 적에는 구구단 외우기도 버거웠다고 한다. 수학자였던 그의 아버지가 직접 가르치려고 하다가 포기하였다는 이른바 '수포자'였다. 부친이 문제집을 사서 풀어보라고 하면 답지를 보고 정답을 써냈었다고 했다. 눈치를 챈 아버지가 답지 부분을 싹 오려버리고 다시 풀어오라고 하면 동네 서점으로 가서 똑같은 문제집을 골라 정답을 베껴서 보여드렸다고 하던 그였다. 아버지에게 심하게 혼쭐이 났을 건 불문가지다.

그 이후 수학을 포기한 아이가 되어 학창 시절을 보냈다고 하던 그가 우연한 기회에 세계적인 수학자와 만나 점심 식사를 함께하는 친구가 되어 인연이 맺어지고, 결국은 그 인연으로 수학을 전공하면서 이제껏 풀지 못했던 수학계의 난제를 풀어내어 유명한 상들을 휩쓸었다는 것이다. 그 과정을 이야기로 전하면서도 참으로 가슴이 뛰었다. 시험을 치르기 위한 수학이나 경시대회를 위한 수학에는 흥미를 느끼지 못하다가 어느 순간 수학이라는 학문의 즐거움에 빠져 경시대회나 과학고를 준비해 보려고 할 때 그에게 해준 선생님의 조언은 '너무 늦었다' 였다고 한다. 어떤 일이든 너무 늦은 것은 없지 않겠는가. 그는 인터뷰에서 말한다.

수학자는 분필과 칠판을 사랑하는 최후의 사람들이랍니다. 수학자들이 최고로 치는 분필 브랜드가 일본의 '하고로모' 예요. 몇 해 전 이 회사가 문 닫는다는 소식이 전해져 전 세계 수학자들이 분필을 사재기했어요. 그런데 한국 사람이 이 회사를 인수했다고 해요. 지금은 '메이드 인 코리아' 분필이 전 세계 수학자들의 심리적 안정에 크게 기여하고 있답니다.

수학을 좋아하는 아들도 그의 성공에 감탄하기보다는 그가 쓰고 있는 분필 이야기를 더 자세히 전한다. 자신의 지도교수도 자기 평생 쓸 것을 사두었다며 너무나 자랑스러워한다는 분필. '하고로모' 분필은 수학자들 사이에서는 전설적인 명품으로 알려져 있고 '분필계의 롤스로이스' 라고 불릴 정도라고 한다.

하고로모 분필 회사는 1932년 와타나베 시로가 일본 나고야에 세운 기업으로 3대에 걸쳐 세계 최고 품질의 분필을 만들어 왔고, 3대 사장 와타나베 다카야스에 이르렀다. 고령인 데다 암에 걸렸고 딸만 셋인 데다 마땅한 후계자도 없었다. 일본에서 좋은 후계자를 찾았으나 다 마음에 들지 않았다. 결국 2015년 창업자의 손자 와타나베 다카야스에 이르러 폐업하기로 하였다.

이때 대한민국 일등 스타 수학 강사로 일한 적이 있었던 한국인이 일본으로 건너가 그를 만난다. 그는 일본에 갔다가 특이한 분필을 발견하여 써보니 표현할 수 없을 정도로 좋았다고 한다. 계속 공수하여 쓰다가 무역상을 차려 관계를 이어갔고, '하고로모' 공장도 그대로 한국의 포천으로 이전하여 종전과 똑같은 품질로 생산되고 있다는 것이다.

하고로모가 설립되던 1932년엔 후지 분필이라는 기업이 가장 잘나갔다고 한다. 와타나베 사장의 할아버지가 후지산보다 큰 이름을 지어야 후지 분필을 이길 수 있다며 하고로모라고 이름 지었다. 한자로 날개 익(羽), 옷 의(衣)로 천사의 날개

옷을 만든다는 심정으로 지었다는 이름이다. 명품을 만든다는 생각으로 만들어서였을까. 명품 그대로, 브랜드를 이어지게 하는 것, 그것이 한국인 기업가가 해야 할 사명이지 않으랴.

'수포자' 에서 세계적인 '천재 수학자' 가 된 허준이 프린스턴대 교수가 강조한다. "인생도 수학도 성급히 결론 내지 마세요."

건양다경

햇볕이 등 뒤에서 따스하게 느껴진다. 길옆 가로수에서는 봄의 초록 물이 묻어날 듯하다. 산수유나무에는 노란 새망울이 달려있다. 이제 머지않아 따스한 봄바람이 불어올 것 같다.

일전에 대구시와 대구시의사회에서는 설 당일에 당직할 병원을 모집하였다. 개원 첫해 기념으로 응급 당직을 서는 것도 의미 있는 일이겠다 싶어 직원들 의견을 따로 들어보기로 하였다. 동참하겠다는 이가 한 명이라도 있으면 그와 조용히 일하면 되지 않겠는가 싶어서였다. 설 연휴, 각자 사정이 있을 법도 한데 모두 다 근무 가능하다는 답이 왔다. 우리는 일심동체라면서.

설날 오후, 병원 문을 열었다. 아픈 이들이 어찌 그리도 많은지, 짧은 진료 시간 동안 밀려드는 환자들로 병원 대기실은 만원이었다. 불평을 아무도 입으로 내뱉지는 않았지만, 대기시간이 자꾸 길어져만 가니 그 모습을 모니터에서 보는 것만으로도 바늘방석에 앉은 듯 마음이 쓰였다. 아이가 밤새 열이 나고 보채서 불안하다는 이, 코로나 감염이 된 것은 아닌지 걱정된다는 어머니, 목이 아프고 쉰 소리가 나오니 오미크론 변이에 걸린 것은 아닌지 불안하다는 분, 먹기만 하면 토하고 설사하여 잠만 자고 있다는 갓난아기를 업고 오신 할머니, 모두 걱정되는 환자뿐이었다.

얼른 약을 처방하고 먹여서 잘 호전되면 좋을 터인데, 인근에 문을 연 당번 약국에서는 아이들 약은 하나도 없다는 전화가 이어진다. '진료는 의사에게 약은 약사에게'. 그야말로 진료는 친절하게 잘 보았더라도 아이들이 먹을 약을 구할 수가 없다며 불만을 터뜨리는 환자 보호자들의 전화에 직원들은 안절부절못하였다. 전화를 아무리 해보아도 약을 구할 데가 없다며 울먹이는 목소리에는 쥐구멍이라도 찾고 싶은 심정이었다. 그냥 진료만 하면 당번 약국은 다 잘 알아서 돌아갈 줄 알았는데 너무 큰 오산이었다.

알약을 먹을 수 있으면 좋으련만, 갓난아이부터 어린아이들까지 데리고 와서 시럽이 아니면 삼킬 수 없다는 보호자에게 어찌 사정을 설명해야 좋을까. 설날 응급 당직과 당번 약국, 시민들에게 봉사하려는 취지는 좋았지만, 서로가 조율하여 좀 더 세부적인 면에까지 준비했더라면 금상첨화가 아니었을까 싶어 아쉬움이 앞선다.

대기자들이 많이 있는 북새통 속에 얼굴이 발그레하게 상기된 한 아이가 숨을 가쁘게 쉬고 앉아 있다. 이름을 부르니 진료실 문을 열고 들어온다. “왜 그렇게 숨이 가빠?” 눈을 동그랗게 뜨고 물으니, “운동하려고 8층까지 계단을 걸어서 올라왔어요.” 아~! 이 아이는 창 너머 봄이 오고 있다는 즐거운 소식을 느낄 수 있는 아동이구나. 너무도 대견하여 초콜릿 하나를 꺼내 손에 쥐여주었다. 아이는 커다란 상패라도 받은 듯 얼굴이 일시에 환해진다.

계단을 걸어서 올라오게 된 이유를 물어보았다. 운동 많이 하면 키 큰다고 하여서 이번 설날부터 계단이라는 계단은 다 걸어서 오르기로 했다니 기특하다. 지금은 키 작은 아이 반열에 들어있지만, 그런 굳은 결심이라면 무슨 일인들 이루지 못하겠는가. 아이의 등을 두드려주면서 얼마 전에 읽은 책을 보여주었다. 『진화의 배신』, 표지 그림이 흥미로워 손에 잡고 단숨에 읽은 책이다.

오래전 옛날부터 인간이 생존하기 위해 존재했던 인체

내의 프로그램들이 현대 사회에 들어와서는 그럴 필요가 없어졌기에 진화가 오히려 독이 되었다는 이야기다. 스트레스, 비만, 고혈압, 고지혈, 외상 후 장애, 뇌졸중, 심장질환 등 요즘 현대를 살아가는 사람에게 문제 되는 질병들의 근본적 이유를 재미있게 풀어서 이야기하고 있다.

기본적인 의학 내용과 사례들을 지루하지 않고 흥미롭게 다루었다. 생존을 위해 필요한 식욕과 열량 축적의 본능은 현대에 와서는 남아도는 칼로리가 되어 비만, 당뇨병, 심장병, 암 등으로 이어졌다. 물과 소금에 대한 욕구는 심장질환, 뇌졸중, 신장질환으로 나타났고 싸울 때, 도망칠 때, 복종할 때를 판단하는 본능인 스트레스는 현대인의 불안증, 우울증, 외상후 스트레스 장애, 자살 등으로 우리를 위협한다.

출혈로 죽지 않도록 피를 응고시키는 능력은 그것이 지나쳐 혈전이 생기고 심장마비, 뇌졸중의 나쁜 결과로 이어진다는 내용이다. 익히 알고 있는 상식적인 결론이지만 명쾌한 해법이다. 그것에서 벗어나기 위해서는 물을 많이 마시고, 나트륨 섭취를 줄이는 것이 바른 답이다. 너무 많이 그리고 너무 자주 먹지 않기, 스트레스 덜 받기, 더 많이 움직이기, 운동하기, 때로는 알맞은 약 사용하기가 결론이다. 병을 예방하기 위해서는 무조건 부지런히 움직이고 적게 먹고 바르게 생활해야 한다는 기본에 충실해야 함을 다시 강조한다.

북새통 속에서도 자기 할 일을 찾아 새해 첫날부터 결심을 지키기 위해 노력하는 아이를 보니 커다란 나무와 향기로운 들꽃을 마주한 듯 마음이 편안해진다.

입춘, 바야흐로 봄이 시작되었다. 크게 길하고, 경사스러운 일이 많이 생기기를 마음속으로 빈다.

구나·겠지·감사

잠깐 내린 비가 세상의 먼지를 다 씻어간 듯 산뜻한 하늘이다.

선별진료소 당직을 서던 때를 돌아보면 여러 가지로 가슴이 아릿하고 먹먹하다. 결혼식을 앞두고 자꾸 열이 오르내리는 듯하여 걱정만 해대다가 검사라도 받고서 음성임을 확인하고 꼭 참석하고 싶어서 왔다는 초로의 신사, 이제껏 일하다가 잠시 쉬고 난 다음 다시 일자리를 찾으려고 하니 코로나 검사 결과를 요구해서 할 수 없이 검사하러 오게 되었다는 할머니, 소방관 시험을 보려고 마음 단단히 먹고 자가 격리에 준하는 생활을 하다 시험 당일 일찍 출발하여 시험장에 들어가 있다 잠시 밖에 나와 친구에게 전화 후 들어가려고 다시 잰 체온에서 높게 나와 바로 119를 타고 들어온 젊은이의 사정이 참으로 딱하게만 느껴졌다. 평소 같으면 하지 않아도 될 검사에 불필요한 걱정이지만, 코로나19의 전국적인 발생 위험 상황에서는 절대로 안심할 수 없는 상황이지 않은가. 시험을 준비하다가 잠시 오른 체온으로 선별 진료를 받게 된 젊은이는 아무리 설명하여도 검사해야 할 이유를 못 찾겠다면서 접수부터 문진, 수납, 검사에 이르기까지 의료진의 진을 빼게 했다. 선별진료소를 가봐야 한다고 했지 검사해야 한다고는 하지 않지 않느냐며 끝까지 우기는 통에 더운 여름날에 상대하는 이들의 체온이 더 확 오르는 것 같았다.

얼굴이 붉으락푸르락하는 직원의 얼굴을 바라보다가 그만 내 신용카드를 내주었다. 이것으로 계산하고 검사하고 가도록 하라고 일렀다. 그러자 그 젊은이는 고맙다든가 미안하다든가 하는 말은 한마디도 없이 검사를 마치고 지루하게 대기하고 있던 구급차를 타고 돌아갔다. 직원들이 속이 상해 어쩔 줄 몰라 하는 것을 이리 어루만지고 저리 달래며 세상에는 다양한 사람이 많고 또 나름의 이유가 있겠지, 너무 속상해하지 말고 그냥 잊어버리자면서 마음을 달래주었다.

나날이 푸르름을 더해가는 숲은 뜨거운 태양을 고스란히 이고서 성하의 계절임을 우리에게 끊임없이 알려주려 애쓴다. 녹음이 짙은 정원의 나무들에 눈을 돌리며 마음을 달래보려고 계족산 등산을 다녀온 지인이 두고 간 책 하나를 펼쳐 들었다. 『마음 명상록』이었다. 마음 알기, 다루기, 나누기.

인각사를 다녀왔던 터라 깨끗해진 마음으로 단숨에 읽었다. '구나 · 겠지 · 감사' 가 마지막에 남았다. 책 후반부에 등장하는 3단계 비법이 지금 같은 코로나19로 우울감이 드리운 시대엔 특효약이 될지도 모르겠다.

1단계는 마음을 상하는 일을 당했을 때 '그가 내게 이러는구나' 하고 객관적으로 받아들이는 것이다. 사실 객관적으로 받아들이기가 대개는 쉽지 않을 터이다. '아니 감히 내게?' 하며 속이 상하는 것이 보통 사람의 반응 아니겠는가. 그러나 감정을 1초만 가라앉히고, '그가 내게 이러는구나!' 하고 마음속으로 중얼거리면 된다.

2단계는 '이유가 있겠지' 라며 양해하는 마음을 갖는 것이다. 누구의 어떤 행동이나 말에는 이유가 다 있는데, 단지 내가 그 이유를 모를 뿐일 것이라고 생각하면 마음이 편해진다. 별것도 아닌 일에 너무 심하게 화를 내는 것 아닌가 생각되다가도 그것은 내 기준일 뿐이다. 어쩌면 상대에게는 이미 충분한 근거가 있을지도 모른다. 꾹 참아왔던 것이 여러 번의 자극으로 폭발한 것일 수도 있을 테니까. 어쨌든 상대가 그러는 데는 분명히 이유가 있을 것이다.

3단계는 '~하지 않는 게 감사하지' 라는 생각으로 마무리하는 것이다. 지금보다 더 나쁜 상황은 얼마든지 있을 수 있다. 그런 상황이 다행히 일어나지 않았다고 생각하면 그나마 좀 다행스럽지 않겠는가.

마음이 거의 모든 것이다. 사람들은 대화할 때 자기 자신에게 신경 쓴다. 남이 하는 이야기도 본인에게 비추어 생각하곤 한다. 상대방이 이야기할 때 나에 관해 화살표를 향하지 말고 상대방이 무슨 생각과 감정을 지니고 있는지 생각하면, 크게 배려도 할 수 있고 더 넓은 세상을 살 수도 있을 것이다.

결국은 자신의 행복을 위한 것이다. 선한 자는 타인을 돕는 것이 행복하기 때문에 행하는 것이고, 악한 자는 어리석게도 자신의 이윤만 챙기는 것이 행복인 줄 알고 그렇게 하는 것이다. 그런 의미에서 마음만 잘 다스리면 우리의 삶이 참으로 행복해지리라는 생각이 든다. 아무리 좋은 목걸이라도 목에 걸 때 의미가 있고, 아무리 아름다운 오솔길이더라도 즐기지 않으면 의미가 없지 않겠는가.

'구나 · 겠지 · 감사', 성자들의 가르침 중에서 지금 우리가 행하면 정말 좋은 약이 될 것 같다. 하루에도 수도 없이 불쑥 찾아오는 불편한 상황, 불쾌한 마음이 드는 경우에 기계적으로가 아니고 명상적으로 '~구나' '~겠지' '감사' 를 실천해

가며 즐겁게 잘 살아내기를 소망한다. 마음만 잘 다잡고 있으면 이런 힘든 날도 언젠가는 다 지나가리니.

드림스타트

창밖이 훤히 밝아온다. 거실문을 열어젖히니 향긋한 바람이 코끝을 스친다. 햇빛이 풍부하고 만물이 생장하여 가득 차는 날이라는 소만小滿을 지나더니 텃밭에 심은 보리는 이삭을 달아 튼실하게 익어가고 있다. 초목들도 꽃을 피우고 열매를 맺어 발그레한 성숙의 빛을 더한다. 먼 산에서는 부엉이도 기분 좋은 듯 노래를 부른다. 대지는 이제 점점 뜨거워지리라. 햇살이 어루만지는 들판을 지나다가 가슴 설레는 일이 떠오른다.

드림스타트 사업이다. 동참해 보자는 제안을 받고 어떤 도움을 줄 수 있을지 춥지도 덥지도 않게 미풍이 살랑대는 거리를 기분 좋게 달리며 나름의 계획을 세워본다.

드림스타트 사업, 2007년 보건복지부가 희망 스타트사

업을 발표한 이래 계획을 마련하기 시작하여 전국의 보건소 사회복지과에서 사업을 시작한 지는 벌써 오래되었다. 취약계층 아동에게 맞춤형 통합서비스를 제공하여 아동의 건강한 성장과 발달을 도모하고 공평한 출발 기회를 보장함으로써 건강하고 행복한 사회구성원으로 성장할 수 있도록 지원하는 프로그램이다. 0세 아동(임산부)에서부터 만 12세 이하의 초등학생과 가족으로 수급자나 차상위계층 가정, 조손가정을 포함한 보호 대상 한부모가정, 학대 및 성폭력 피해 아동 등에 대해 우선 지원하는 아주 훌륭한 사업이다.

지원내용도 알차다. 기본서비스로 가정방문을 통한 주기적 면담 및 현황 조사를 하고 아동의 전인적 발달을 위해 필수적인 것을 제공하는 필수서비스 프로그램이다. 사정 결과에 따라 제공하는 맞춤 서비스도 있어서 필요한 이들이 도움을 받을 수 있게 홍보가 잘 되면 아주 좋을 것 같았다. 가족해체, 사회 양극화 등에 따라 아동빈곤 문제의 심각성 대두, 빈곤 아동에 대한 사회투자 가치의 중요성 강조, 아동과 가족에 초점을 둔 통합사례관리를 통해 모든 아동에게 공평한 출발 기회 보장이 추진 배경이라고 한다.

가정방문을 통한 통합사례관리로 빈곤 아동의 성장 발달에 필요한 신체 건강, 인지 언어, 정서 행동 등 아동 발달에 필요한 서비스를 제공하고 아동의 개별적 욕구와 상황에 맞춰 선택적 서비스를 제공하는 맞춤형 통합서비스를 제공한다. 전화 상담 또는 방문 상담으로 이용 가능하다고 하니 필요한 이들에게 도움이 될 수 있다면 얼마나 좋은 일인가.

영역도 세분되어 있다. 아동의 건강한 마음과 신체 발달 증진, 건강한 생활을 위한 건강검진 및 예방접종, 치료, 아동 발달에 필요한 신체 건강 정보 제공, 건강교육, 영양교육 등과 아동의 의사소통 및 기초학습 능력 강화, 맞춤형 인지 언어 서비스를 통한 아동의 강점 개발, 기초 학력 검사, 기초 학력 배양, 경제교육, 독서지도 등 정서·행동 영역으로 자아존중감 및 긍정적 성격 형성을 위한 정서 발달 서비스 제공, 사회성 발달 및 아동 권리 신장을 위한 교육, 사회성 발달프로그램, 아동 학대 예방, 심리상담 및 치료, 돌봄 기관 연계 등과 부모 자녀 상호작용 및 적합한 교육환경을 위한 부모 역량 강화, 부모의 유능감 및 자존감 강화, 부모의 양육 기술 지원, 임산부의 건강한 출산 및 양육 지원, 부모 교육, 가족 상담 및 치료, 부모 취업 지원, 산전 산후 관리 등 아이를 둔 대상자 가정에서 필요하다면 얼마든지 도움을 받을 수 있도록 설계된 사업이다. 좋은 프로그램이 있음을 널리 알려서 꼭 필요한 이들이 사막의 오아시스처럼 위안받을 수 있기를 기대하며, 조그마한 힘이나마 보태고자 하는 이들이 많아지면 얼마나 좋겠는가.

멀리 남도에서 온 아이 하나는 비만으로 고민하고 있던 차에 으라차차, 나는야 건강 왕, 아동 체육 활동비를 지원받고 열심히 줄넘기 학원에 나갔다고 한다. 몇 개월 지나자 아이의 체중은 점차 조절되기 시작하였다. 체중계에 오르는 것을 무서워하던 한 여자아이는 영양 튼튼 지원으로 빈혈·영양 부족 아동에 대한 영양제를 받아서 먹고 날마다 계단을 오르내리며 근육을 기르고 있다면서 밝게 웃는다. 영유아용 유산균 12개월 지원도 있다고 귀띔하는 아이 엄마에게 희망이 시작되기를 기도한다.

'미용고사' 를 떠올려본다. 미안합니다. 용서하세요. 고맙습니다. 사랑합니다. 남에게 도움 되는 일을 위해 노력하는 이들을 사랑합니다. 슈바이처 박사가 이르지 않았던가. "모든 환자는 마음속에 자신만의 의사醫師를 갖고 있다. 우리는 환자 안의 의사에게 일하러 갈 기회를 줄 때 최고가 된다."라고. 희망으로 시작하는 드림스타트로 앞으로 밝게 살아가는 이들이 많아지기를 소망한다.

금메달이에요?

말간 하늘이 마음마저 개운하게 한다. 산꼭대기가 훤히 보이는 창가 테이블에 앉아서 책을 펼친다. 불어오는 바람에 문고리에 걸어둔 메달이 소리를 낸다. 그 모습에 다시 가슴이 설렌다.

지난해 독서마라톤대회에 처음 참가하였다. 지역주민의 독서생활화운동 정착과 가족 독서 문화 분위기 조성에 기여하고자 시작한 것이 독서마라톤대회다. 그렇게 시작된 행사에 해를 거듭할수록 점점 참가자가 늘어가고 있다. 올해로 벌써 14회가 되었으니 그동안 얼마나 많은 이들이 참가하여 책 읽기의 즐거움에 빠졌겠는가.

막내 아이는 시험을 준비하며 늦은 밤에 들어오고, 아들이 귀가할 때까지 깨어 있어야 할 동안 책을 벗 삼기로 마음먹었다. 도서관과 담 하나를 사이에 두고 이웃하며 살고 있기에 책을 읽기엔 더할 나위 없이 좋은 독서환경이지 않은가. 날이면 날마다 조금씩 책을 펼쳤다.

처음에는 한 권을 다 읽는 데 시간이 오래 걸렸다. 시간이 지날수록 속독을 배우지 않았는데도 책을 읽는 속도는 점차 빨라져 갔다. 실제 마라톤을 해 본 경험이나 있었겠는가. 마라톤 마니아 선배님들의 권유가 있을 때마다 저질 체력이라서 달리기를 잘 못하니 주변에서 조금 연습해서 합류하겠다며 사양하였다. 의사 체육대회 날 건강달리기에서 벼르고 별러서 2km를 뛰고 난 뒤에는 기진맥진, 너무 힘이 들었었다. 하지만 독서 마라톤은 읽으면 읽을수록, 달리면 달릴수록 힘은 펄펄 남아돌고 머리는 맑아지며 가슴은 뿌듯해 왔다. 마지막 완주를 하는 날엔 종일 몰아서 달리는데도 피곤은커녕 행복하기 그지없었다.

그렇게 하여 받은 완주 금메달, 처음부터 하프 코스를 신청하였으니 21,097쪽 이상은 읽어야 하였다. 다 읽은 페이지를 합산해 보니 하프 코스를 훨씬 넘었다. 번쩍이는 동그랗고 묵직한 금색 메달에 '책 읽는 동네 즐거운 사회' 라는 별을 새겨넣은 finisher' s medal, 완주 기념 메달이 멋있어 보이는지 진료받으러 오는 아이들은 신기한 듯 만져보곤 한다.

일전에 한 아이는 더 진지한 얼굴로 물었다. "선생님, 직접 딴 금메달이에요?" 표정이 하도 재미있어서 "그래~!"라고 답했다. 그러자 아이가 또 묻는다. "우리나라를 대표해서 받았어요?" 그 모습이 하도 귀여워서 금메달을 문고리에서 벗겨내어 아이의 목에 걸어주면서 독서마라톤대회에 참가해 보라고 알려주었다. 아직 신청을 받고 있을 터이니 초등학교 저학년이 참가하는 3km에 참가해 보면 좋을 것이라 권유하였다.

책 한 쪽을 1m로 산정하여 3,000쪽을 읽으면 3km 코스를 완주한 것으로 간주하여 완주 증서나 완주 메달을 선택하여 받을 수 있다. 붉은 도장이 찍힌 멋진 상장처럼 생긴 완주 증서도 책을 읽고 뿌듯한 가슴에 더 용기를 북돋우어 줄 것이고 완주 메달을 선택하여 받는다면 그것 또한 좋을 것이라고 격려해 주었다.

귀여운 여자아이는 벌써 완주를 한 것처럼 어느 것을 받아야 좋을지 진짜 고민된다며 웃는다. 다음 해엔 고학년이 참가할 수 있는 5,000쪽을 읽으면 다다르는 5km, 중학생 이상 일반인이 참가하는 7,000쪽 읽기가 목표인 7km도 있다고 알려주었다. 참가 자격에 제한이 없는, 누구나 신청할 수 있는 하프 코스도 있으니 마음먹고 100권 이상 책 읽기를 목표로 한다면 21,097쪽을 읽어야 완주 메달을 받을 수 있는 하프 코스에 도전해 보라고도 권유하였다.

엄마 아빠 모두 관심을 가지고 좋은 정보를 얻었으니 올해엔 꼭 참가 신청을 하고 그 목표를 달성하여 금메달을 목에 걸고 훌쩍 자라서 다시 오겠다고 다짐하는 가족, 그들이 참으로 곱게 보인다. 누구의 권유로든 이제껏 알지 못했던 독서의 기쁨, 독서마라톤대회에 참가하기만 하여도, 완주를 목표로 책장을 넘기기라도 하다 보면 날마다 뜻밖의 잔잔한 기쁨이 순간순간 찾아오지 않을까 싶다.

오늘도 나는 주문처럼 읊조려 본다. 3km, 5km, 7km, 하프 코스. 아이들이 그 의미를 알아듣고 미소 지으며, "저, 신청했어요~ 선생님.", "저 금메달 땄어요! 선생님~!" 하는 그날까지. 아인슈타인은 이르지 않았던가. 삶에는 두 가지 방식이 있다고.

> 하나는 기적 같은 건 없다며 사는 것이고, 또 하나는 모든 게 기적인 듯 사는 것이다.

독서 마라톤에 참가하여 책을 읽는 이들에게는 앞으로의 삶은 기적의 연속이 되리라 믿는다. 그토록 생명줄인 듯 붙들고 놓기 두려웠던 스마트폰도 놓고, 눈을 붙들고 있었던 TV 도 놓고 일단 책에 한번 빠져 보라고 이르고 싶다. 그 속을 달릴 때 펼쳐지는 세상은 새롭고 더없이 아름다울 것이리라.

아름다운 봄이다. 앞산의 개나리가 노랗게 노래한다. 홍매화도 붉게 피어났고 목련도 어느새 꽃그늘을 드리운다. 머잖아 벚꽃도 만개하리라. 축복의 봄날이다. 어디로 갈 것인가. 무엇을 해야 할까? 책 읽기를 선택하라고 이르고 싶다. 일단 독서마라톤대회에 신청하면 책은 읽지 않으면 안 되는 상황이 주어진 것이지 않은가. 금색 완주 메달이 우리 마음의 키를 쑥쑥 키워 가리라.

차원이 다른 대책을

일본 정부가 저출산 대책의 하나로 다자녀 세대를 대상으로 대학 교육을 무상화하는 방안을 추진한다는 보도다. 자녀가 3명 이상인 다자녀 세대에 대해 2025년도부터 가구 소득 제한 없이 모든 자녀의 4년제 대학, 전문대, 고등전문학교(직업학교)의 수업료를 면제한다는 방침을 정했다며 수업료 외에 입학금도 면제 대상에 포함하는 방향으로 조율 중이라고 하니 파격이다.

한 해 출산율이 20만 명을 밑도는 상황이다. 아이 낳는 분위기를 만들고 아이 키우기 좋은 환경을 만들어서 출산율을 올리고 의료수가를 제대로 보전해 주어야 소아청소년과 등이 숨을 좀 쉴 수 있을 터인데. 그런 근본 원인은 생각하지 않고 의대 정원 확대라는 풍선만 띄운다.

내외산소(내과, 외과, 산부인과, 소아청소년과)는 이른바 필수 의료다. 과거에는 필수 의료과 의사들이 힘들어도 보람 있고 자긍심 있는 표정이었다. 그런데 점차 젊은 의사들이 필수 의료를 외면하고 비필수 의료를 전공하려고 경쟁한다. 전공의 과정을 거치지 않는 이도 늘어간다.

불쑥 나온 의대 정원 확대로 의료계가 혼란에 빠졌다. 부실한 교육으로 부실 의사를 양산하게 될 의대 정원 확대, 그 피해는 누가 입을까. 바로 우리 환자들이지 않으랴.

의대 정원을 대폭 늘린다면 기존 의대에서는 수용이 불가능하다. 제대로 된 교육은 사실상 불가능하니 교육 과정에서 탈락할 수도 있고 의사국가고시 합격자가 크게 줄 수도 있다. 늘어난 정원으로 인해 현장이 혼란에 빠질 터이다. 5년 전, 폐교한 서남의대가 정원을 나누면서 당시에 전북의대 정원이 30% 정도 늘었다가 전북의대가 큰 혼란을 겪지 않았던가.

의사를 키워내기 위해서는 오랜 시간과 돈과 노력이 든다. 제대로 잘 교육해야 하는데 그 선을 넘어 증원된다면 그저 감내하는 것이지 제대로 교육한다고 볼 수도 없으니 어떠한 의사가 나오겠는가.

최근의 의학 교육은 소그룹 학습이 많고 실험·실습의 시간이 많아지는 추세다. 학생이 늘면 그만큼 물리적 공간이 더 있어야 하는데 의대마다 그런 여유 공간이 갑자기 생길 수 있을까. 의학 교육에 필요한 제반 시설은 단기간에 갖추기 어렵다. 가르칠 수 있는 교수 인력도 부족하다. 기초의학은 지금도 교수가 절대적으로 부족한 실정이다. 지방은 고사하고 수도권조차 의대 교수를 못 구해서 난리다. 서울 대형 의대도 교수가 부족하고, 있던 교수도 나가는 실정이다. 미국 하버드대 전체 교수 인원이 1만2천 명인데 그중 의대 교수가 9천500명이라고 하듯이. 의대는 일반대보다 교육 과정에 더 많은 교원이 필요하다.

의대생들이 필수 의료 현장에 나아갔을 때 제대로 일할 수 있는 환경부터 만들어놔야 하고 수가를 현실화하고 부당한 사법적 책임으로부터 보호해야 한다. 의대 과정에서부터 필수 의료와 지역 의료를 강조하고 제대로 경험하고 훈련받는 환경을 조성해야 한다. 의대생의 실습 기회나 임상 교육 수준이 낮아지면 의료서비스의 질이 저하된다. 의사 수를 증가시키는 대신, 지역 의료 불균형이나 서비스 질 개선을 위해서 차원이 다른 대책을 강구하는 것이 마땅하지 않을까.

증원된 의대생들을 수용하고 교육할 의료기관이나 병원의 인프라 확충이 어려울뿐더러 비용 부담이 많이 늘어난다.

의대 정원 확대는 심심하면 꺼내 들 칼이 아니다. 어떤 차원이 다른 대책으로 마음 아픈 국민의 삶을 나아지게 할 수 있을까 생각부터 해보자. 근본적인 문제점을 찾아내어 그것부터 해결하여 출산율도 올리고 의료수가도 현실화하여 필수의료를 살리기에 집중해야 하지 않겠는가.

에필로그

한 주가 시작되는 요일에 오랜만에 찾아온 지인이 황금 배추 모종을 상자에 가득 담아 건네주었다. 싱싱한 이파리가 나풀거리는 모종이 무척이나 사랑스러웠다. 매번 추석이 다가올 무렵에 심었는데 올해는 이렇게 일찍 심어도 되는가 싶어 상자째 두고 물을 뿌려주어도 시간이 갈수록 생기를 잃고 녹아드는 듯했다.

주말이 되어 시골집으로 옮겼다. 녹아드는 생물이 안쓰러워 낮 더위가 채 가시지 않은 뜨거운 땅에라도 심어야만 할 것 같았다. 말라버리지는 않을까? 불볕에 타버리지는 않을까 염려스러웠지만, 어쩔 수 없어서 잡초가 우거진 텃밭에 들어가 고랑을 만들어서 땀을 비처럼 쏟으며 하나하나 심었다.

지나다니는 이웃들이 그 모습을 보며 한마디씩 거든다. "더운데 뭐 하세요?", "너무 일찍 심는 것 아니에요?", "이글거리는 태양 빛에 다 타버리면 어떡하죠?" 마음속에서 불안이 스멀거리기 시작한다. 정말 어린 싹이 폭삭 타버리는 것은 아닐까. 닷새는 도시, 이틀은 촌에 있는 5도 2촌의 생활이라 주말에만 다시 올 수 있는데. 그때까지 저들이 뿌리를 내리고 살아날 수 있을까. 아침마다 먼 길을 달려와 날마다 물을 뿌려주어야만 할 듯한데 그럴 시간은 안되니 걱정만 가득하다. 목욕탕 세신사가 삶의 진리를 알리지 않던가. 모든 것에는 때가 있다고. 너무 이른 때 심었더라도 간절한 마음이 전해져서 잘 생착할 수 있기를 바란다. 물을 뿌리고 흙을 모아 녹아드는 근원을 보호해 본다. 살아나기만 간절히 간절히 바란다, 부모 마음으로.

치료가 늦은 아이들에게 기적과도 같은 결과를 기대하듯이. 역경을 이겨내고 올가을 꿋꿋이 자라난 배추라는 이름을 불러볼 수 있을지.

잘한다, 잘한다, 자란다

초판 인쇄 | 2024년 9월 5일
초판 발행 | 2024년 9월 11일

지은이 | 정명희
펴낸이 | 신중현
펴낸곳 | 도서출판학이사

출판등록 : 제25100-2005-28호
주소 : 대구광역시 달서구 문화회관11안길 22-1
전화 : (053) 554~3431, 3432
팩스 : (053) 554~3433
홈페이지 : http:// www.학이사.kr
전자우편 : hes3431@naver.com

ISBN _ 979-11-5854-527-7 03810